지리산 둘레길 그리고 그리다

스케치가 있는 감성 걷기여행

지리산 둘레길 그리고 그리다
– 스케치가 있는 감성 걷기여행

2011년 5월 16일 초판 1쇄 인쇄
2011년 5월 23일 초판 1쇄 발행

지은이 고영일

펴낸이 임두혁
편집 최인희 조정민
마케팅 김삼권

지도일러스트 박태균
디자인 (주)토가디자인

펴낸곳 나름북스
등록 2010. 3. 16. (25100-2010-000009)
주소 서울 마포구 서교동 411-9 202호
전화 02-6083-8395
팩스 02-323-8395
이메일 narumbooks@gmail.com
홈페이지 www.narumbooks.com

ISBN 978-89-966310-1-9 03810

이 도서의 국립중앙도서관 출판시도서목록(CIP)은 e-CIP홈페이지(http://www.nl.go.kr/ecip)와 국가자료공동목록시스템(http://www.nl.go.kr/kolisnet)에서 이용하실 수 있습니다.(CIP제어번호: CIP2011001960)

지리산 둘레길 그리고 그리다

스케치가 있는 감성 걷기여행

고영일 지음

나름북스

아주 느린 걸음으로 길을 걸으면
지리산 둘레길에서 길 잃을 일이
없답니다.

지리산 둘레길 여행을 떠나기 전엔 늘 두근거린다. 소풍 가기 전날 잠 못 이루는 초등학생처럼 설레기도 하고 혼자 떠나며 겪을지 모를 난처함 때문에 두렵기도 하다. 이런 생각을 할 때면 누군가와 함께였으면 하고 바라기도 하지만, 그 난처함이 누구도 경험할 수 없는 보석 같은 사건이길 바라는 마음으로 두려움을 밀어내 본다.

또 나를 흔들어 놓는 것은 짐 싸기다. 뭔가 빼놓지는 않았는지, 불필요한 것을 넣고 가는 건 아닌지 갈 때마다 반복되는 고민이지만 지난번 여행과 비교해 빠지거나 더해진 것은 없다.

떠나기 전의 이런 두근거림은 문밖을 나서는 순간 이제 길이 인도하는 대로 따르는 수밖에 없다는 포기의 마음으로 변하고 이내 발걸음은 가벼워진다.

지리산 둘레길은 조용하다 못해 적막하다. 몇 시간을 걸어도 사람을 만날 수 없을 때가 있다. 하지만, 외롭거나 무섭다는 생각은 들지 않는다. 아무도 아무것도 나에게 말을 걸지 않지만, 그 빈 공간과 멈춰버린 시간은 이름 붙일 수 없는 무언가로 가득 차 있다는 걸 알 수 있다.

이런 시공간 속에 있으면 일상에서 들고 온 온갖 생각이 끼어든다. 20년 만에 전화를 걸어 다짜고짜 돈을 빌려 달라는 친구 생각, 성공해서 부자가 됐다는 친구 이야기, 내놓는 작품마다 유명세를 떨치는 인기 작가에 대한 생각, 헤어진 여자 친구 생각 등등. 떠올랐다가 곧 사라지고 떠올랐다 또 사라진다.

생각들을 반복하다 보면 둘레길의 공간은 어느새 무거운 짐들을 대신 받아주고 나는 빈 가슴이 되어 집으로 돌아온다.

지리산 둘레길은 10년 동안 만화를 그리면서도 상상력을 잃었던 나에게 특별한 감동을 경험하게 해 주었다. 좁은 작업실 책상에서 벗어나 둘레길을 걸으며 그림을 그리는 것은 새로운 경험이었다. 가끔 마주치는 둘레꾼들이 인사를 건넨다. 그리고 내가

빵!
정말 갑자기
생각 났다.
접이식 의자를 사야겠다고.
빨간색
함양에서 낚시용
접이식의자를 샀다.
스케치할 때 좋을 것 같아서
근데 정말 킹 왕 짱
나이스 좋다. 정말 정말 정말!
7,000원! 영수증 끊어 놨어!
다닐때 (안 쓸때)는
요로코롬 배낭에다
메달고 다닌다.
정말
잘 샀어!
스케치를 할 때는 이렇게
아무데나 의자를 펴고

그리는 그림을 보면서 즐거워한다.

지리산 둘레길에 오고서야 그림으로 사람들과 소통하는 것이 어떤 건지 알게 되었다. 별 볼 일 없는 그림 한 장이 사람들을 잠시나마 즐겁게 하고 그들을 통해 내가 감동하게 된다. 둘레길에서 얻은 감동은 힘들게 작업하고 몇 푼 손에 쥐는 그 어떤 원고료보다 값진 것이었다. 지리산 둘레길은 나에게 값으로 환산되지 않는 많은 선물을 줬다.

다시 떠나고 싶다. 문밖을 나서기 전까지의 두근거림과 빈 가슴으로 돌아올 기대, 그리고 오랜 시간 잃었던 상상력을 다시 찾으러 지리산 둘레길로 떠난다.

2011. 3. 고영일

| 글 싣는 순서 |

1

마음을 여행하는 길 >> 주천 – 운봉 구간 *19*

4

5

평온을 담는 길 >> 동강 – 수철 구간 209

>> 지리산 둘레길을 걷기 전에

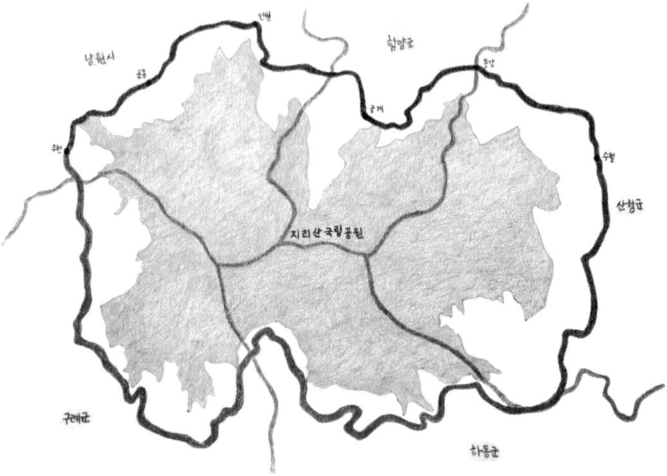

- 지리산 둘레길은 지리산 둘레 800리(약 300킬로미터)를 둥글게 잇는 도보길입니다. 현재 (2011년 4월) 개방된 구간은 전북 남원시 주천면 장안리에서 경남 산청군 금서면 수철리를 잇는 71킬로미터 5개 구간입니다.
- 지리산 둘레길은 새로 조성된 관광단지가 아니라 옛길, 마을길, 숲길, 논두렁길, 강변길을 연결한 조용한 길입니다. 길 위의 사람과 자연, 생명에 감사하는 마음으로 천천히 걷습니다.

○ 출발하기 전 지리산길 안내센터 홈페이지(www.trail.or.kr)에서 구간 정보를 숙지하도록 합니다. 지도를 출력해 가지고 가면 좋습니다.

○ 기상청 홈페이지(www.kma.go.kr)에서 떠나는 날의 지리산 지역 날씨를 미리 알아보고 출발하면 도움이 됩니다.

○ 지리산 지역이 대부분 산악 지역임을 고려해 간편하되 날씨 변화에 적합한 옷을 준비합시다. 신발은 편하고 익숙한 등산화를 신는 것이 장시간 걷기에 좋습니다.

○ 장시간 도보여행을 위해 자신이 마실 물과 음식은 미리 준비하고 쓰레기는 반드시 되가져갑시다.

○ 야영과 취사는 안 됩니다. 숙박과 식사는 둘레길 인접 마을의 민박을 이용하면 됩니다.

○ 둘레길을 걷는 동안에는 화장실 이용이 쉽지 않습니다. 터미널이나 관공서, 숙소, 마을 안 개방 화장실을 미리 이용하고 출발하기 전에 공용 화장실 위치를 미리 점검해 두는 것이 좋습니다.

○ 둘레길이 지나는 마을에서 소란을 피우거나 농작물을 훼손하는 것은 길을 허락해 준 마을 주민에게 큰 불편을 줍니다.

○ 길을 잃거나 다치는 비상시를 대비해 〈지리산길 안내센터〉 전화번호와 미리 예약해 둔 민박집 전화번호를 저장해 둡니다. 지리산 둘레길 이정표 번호를 잘 기억해 두었다가 비상시에 이용합니다.

지리산길을 가다보면 식사시간이 다 돼서 배가 고플 때 주위를 둘러보고 하면 하나 먹을 구멍가게 하나 없을 때가 있다. 그럴 때면 참 난감하다. 만약을 위해 준비해 두는 게 좋더라.

나무와 풀과 꽃만 보이는 곳에서 배고픔과 만날 때는 꼭 이것들이 필요하다.

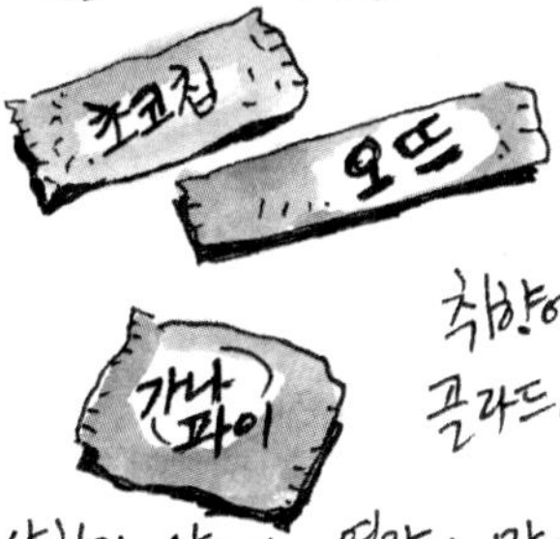

취향에 따라 골라드삼.

* 상하지 않는다. 열량이 많다. 달다.

처음에 올땐 항상 길을 잃을까 두려워하는데
먼저 지리산길 홈페이지를 들어가서 지도와 여러가지
공지사항등을 체크 하고 간다.

혹은 안내센터에 들러서 궁금한 것을 물고가는 방법이 있다.
이곳에 가면 민박이나 코스문의등 차편 (시간) 등을 친절하게 가르쳐준다.

그래도 길이 헷갈린다면.

지리산 길을 가는 길동무들에게 길을 물거나

동네 주민분들에게 물기도 하고

표지목의 번호와 마을 이름을 꼼꼼히 체크한후

안내센터에 문의를 한다.

알아두면 좋은 연락처

○ 지리산길 안내센터(인월)	063-635-0850
○ 함양군 문화관광과	055-960-5163
○ 남원시외버스터미널	063-633-1001
○ 남원고속버스터미널	063-625-5391
○ 인월버스터미널	063-636-2000
○ 함양버스터미널	055-963-3281~2
○ 함양지리산고속	055-963-3745
○ 산청터미널	055-972-1616

1

마음을 여행하는 길

주천 ㅡ 운봉 구간

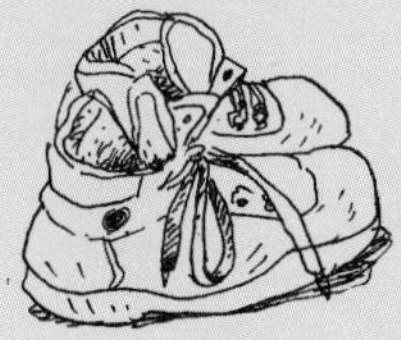

■ 주천–운봉 구간 미리보기

전라북도 남원시 주천면 장안리 외평마을과 남원시 운봉읍을 잇는 **약 14킬로미터**의 길이다. 사람마다 차이가 있지만, 평균 소요시간은 **6시간** 정도다. 경유지를 살펴보면 **주천면–내송마을–솔정지–구룡치–회덕마을–노치마을–덕산저수지–질매재–가장마을–행정마을–양묘장–운봉읍**을 지나는 길이다.

주천–운봉 구간은 지리산의 서북능선(주능선의 끝자락인 성삼재에서 만복대를 거쳐 정령치로 이어지고 고리봉에서 고기리와 덕치를 거쳐 수정봉으로 이어진다)을 조망할 수 있다. 주천에서 구룡치까지는 해발 500미터에 이르는 산행길이지만, 구룡치에서 운봉읍을 잇는 운봉 고원은 너른 들과 여섯 개의 마을을 만나는 옛길과 제방길이다.

이곳엔 옛 운봉현과 남원부를 잇는 길이 지금도 남아 있다. 내송에서 회덕까지의 옛길은 숲길의 정취를 즐기기에 더할 나위 없다. 회덕마을에서는 지금도 사람이 사는 억새 지붕 집을 볼 수 있고, 노치마을은 백두대간 위에 있는 유일한 마을이다. 제방길을 따라 만나는 마을들은 전형적인 농촌 마을의 모습을 하고 있다.

어느 마을이든 **민박**을 잘 갖추고 있다. 떠나기 전 지리산길 안내센터 홈페이지를 참조해 미리 민박을 파악하는 것이 좋다. 혹시 미리 준비하지 못했다면 현지에서 직접 알아보면 되지만 성수기나 긴 연휴 기간에는 둘레꾼이 몰린다는 것을 알아둬야 한다.

식사는 떠나기 전 간단하게 하거나 간식거리를 준비하는 것이 좋다. 민박에서 하루를 묵고 출발한다면 점심으로 먹을 주먹밥을 부탁하는 방법도 있다. 읍이나 면 소재지가 아닌 곳에서는 식당을 보기 어렵다. 가끔 마을 주민이 운영하는 쉼터가 나타나긴 하지만 도시에서처럼 어디서나 편하게 식사를 할 수는 없다.

화장실도 자주 이용할 수 있는 환경이 아니다. 숲을 지날 때는 화장실을 이용하기 어렵다는 것을 미리 염두에 두어야 한다. 지리산길 안내센터에서 배부하는 공식 지도에는 주천–운봉 구간의 **공용 화장실**로 회덕마을, 덕산마을, 행정마을, 삼산마을 쉼터, 양묘 사업장, 운봉 서림공원 쉼터가 기재돼 있다. 주천면에서는 면사무소나 농협 건물을 이용할 수 있다.

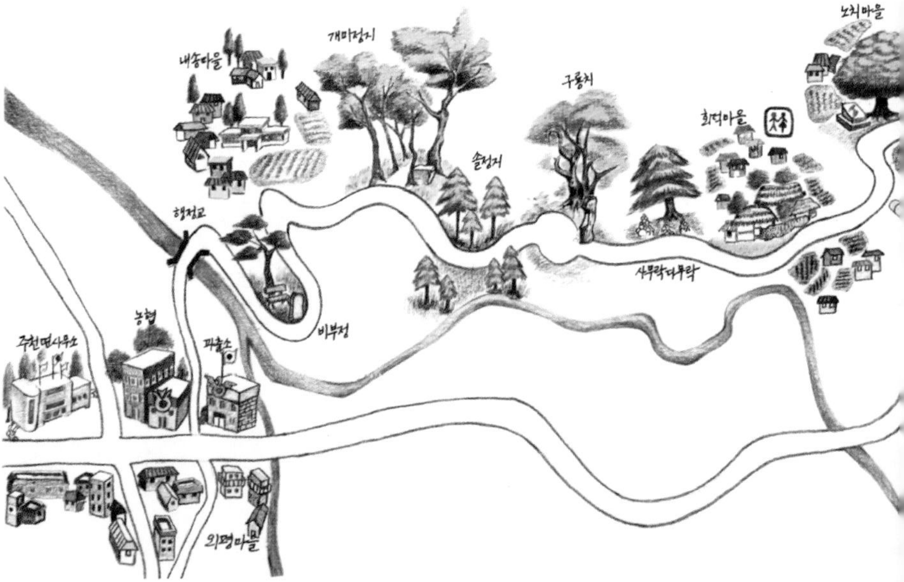

신기교
서림교
서림공원
운봉초
운봉읍사무소
우체국
양묘사업장
행정마을
행정교
가장교

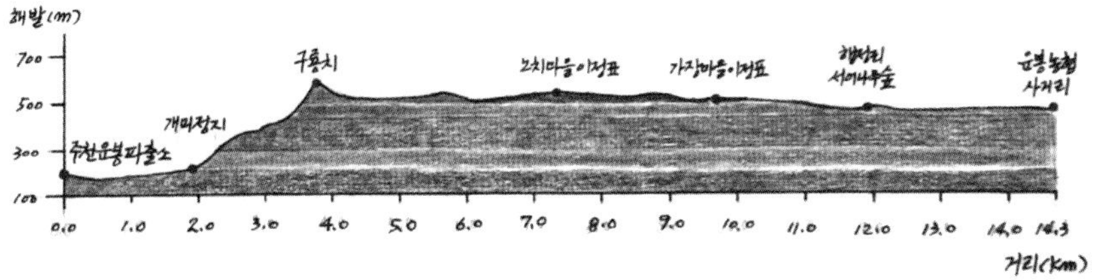

해발(m)
700
500
300
100
구룡치
노치마을이정표
가장마을이정표
행정리
서어나무숲
운봉농협
사거리
개미정지
주천운봉파출소
0.0
1.0
2.0
3.0
4.0
5.0
6.0
7.0
8.0
9.0
10.0
11.0
12.0
13.0
14.0
14.3
거리(Km)

거꾸로 걸으면 편해지는 길
– 운봉에서 주천으로

전라북도 남원시 주천면에서 출발한다면 운봉 고원까지는 가파른 오르막이다. 운봉 고원이 해발 500미터라고 하니 꽤 높은 곳의 평원이다. 서울의 관악산보다 조금 낮은 높이에 평원이 있고, 옛날엔 이 지역에 만석꾼도 있었다니 신기할 따름이다. 주천면 내송마을에서 오르기 시작해 구룡치를 넘는다. 너른 들과 여섯 개 마을을 잇는 산길, 마을길, 국도, 제방길의 다양한 길에서 걷는 재미를 느낄 수 있다.

현재 개방된 전체 다섯 개 구간 중 가장 서쪽에 자리 잡고 있어, 전체 구간을 걸으려는 둘레꾼이 주천에서 시작해 동쪽 수철마을까지 차례로 가는 경우가 많다. 그런데 주천면 내송마을에서 구룡치까지는 가파른 등산 코스다. 지리산 둘레길에 대한 충분한 이해가 없는 상태에서 첫 방문을 한 나도 주천에서 시작했는데, '둘레길이 이렇게 힘든 곳인가' 하고 겁을 잔뜩 집어 먹었던 기억이 난다. 그러니 지리산 둘레길이 처음이거나 체력에 자신이 없다면 처음부터 무리하지 말고 운봉에서 걷기 시작하는 것이 좋다. 그러면 이 구간은 등반 코스가 아니라 운봉 평원을 걷다가 주천으로 내려가는 비교적 편한 길이 된다.

이 구간의 길을 시작하려면 동서울터미널에서 출발하는 버스를 타고 남원시외버스터미널에서 내려 터미널 길 건너편 시내버스 정류장을 이용한다. 기차를 이용해 남원역으로 오거나 남원고속버스터미널을 이용하는 경우도 있다. 이곳에서 주천이나 운봉 가는 버스를 타면 된다. 처음 갔을 때 시내버스 정류장 노선표가 낯설어 어떻게 읽어야 하는지 상당히 난감했는데 주변에서 버스를 기다리는 분들이나 버스 기사님께 물어보니 친절히 가르쳐 주셨다. 동서울터미널에서 인월행 버스를 타고 인월 터미널에서 운봉행 버스로 갈아타는 방법도 있다. 혹시 시내버스를 기다리는 게 죽었다 깨도 싫다는 분들은 택시를 이용해도 된다.

이제 운봉에서 출발해 주천까지 가는 여정에 대해 수다를 떨어볼까 한다.

지리산 둘레길과 아마존,
행정마을과 조에족

지리산 둘레길 공식 안내지도에는 운봉읍이 1구간(주천–운봉 구간)의 마무리이자 2구간(운봉–인월 구간)의 시작 지점으로 나와 있는데 나는 한 번도 이곳에서 출발하거나 걸음을 멈춘 적이 없다. 인월에서 운봉을 갈 때는 아침 일찍 떠나 운봉읍을 지나 행정마을까지 걸었고, 주천에서 시작할 때는 늦은 오후에 시작해 운봉읍까지 못 가고 행정마을에서 하루를 묵었기 때문이다. 오늘도 행정마을에서 시작한다. 상황에 따라 해 지는 마을에서 하루를 묵고 눈 뜬 마을에서 다시 길을 시작하는 것도 둘레길을 걷는 재미 중 하나다.

첫 방문 때도 그렇고 인월에서 걷기 시작했을 때도 그렇고 행정마을에선 같은 민박에서 하루를 묵게 됐다. 민박집에 대한 사전 정보가 없는 상태였던 터라 눈에 잘 띄던 그 민박과 갑자기 인연을 맺게 됐는데 지금도 가끔 주인어른과 전화 통화를 하거나 문자메시지를 주고받는다.

평일이라 그런지 형님뻘 되는 둘레꾼 한 분과 내가 방문객의 전부였다. 아침 7시쯤 일어나 식사를 거하게 한 후 형님께서는 운봉으로 향했다. 난 짐을 꾸리고 길을 떠나기 전에 민박집을 스케치북에 담았다. 주인아저씨께서는 이른 아침부터 출타하셨는지 안 계셔서 아주머니께만 인사를 드리고 길을 나섰다.

행정교를 건너 마을 창고를 지나니 마을 초입에 오래된 효자비가 서 있다. 이른 아침인데도 초여름 해가 중천에 있다. 마을에 들어서자 개 짖는 소리만 들린다. 뜨거운 낮을 피해 일하느라 모두 이른 새벽부터 일터에 나간 듯했다. 본격적인 농번기가 시작

운봉 공안솔밭민박에서 두번째 묵다.

되는지 길가에 농기계와 중장비가 눈에 많이 띈다. 시골 어디나 그렇겠지만, 대문이 닫힌 집이 별로 없다. 대문이 없는 집도 있다. 담도 낮아 살짝 까치발을 하면 집안이 훤히 보인다. 손때 묻은 연장이 벽에 가지런히 걸려 있기도 하고 파종을 하고 남은 작물들이 널려 있기도 했다. 어느 집 담에는 붉은 장미가 화려하게 피어 있다.

<아마존의 눈물>이라는 다큐멘터리 프로그램이 선풍적인 인기를 얻자 유명세를 탄 연출자들이 토크쇼에 출연해 후일담을 들려줬다. 원시 부족인 조에족을 만난 연출자는 그들이 낯선 외지인인 자신들에게 의심의 눈초리를 보내거나 방어적인 태도를 갖지 않는 것에 놀랐다고 했다. 연출자는 그런 조에족에 대해 이

어느 집에 핀 화려한 장미가
지리산 둘레길 여행자를 환영하는 듯하다.

렇게 말했다.

"그들 자신이 누굴 의심하거나 공격해 보지 않았기 때문에 다른 사람들도 자신과 같다고 생각합니다."

이런 조에족의 마음이야말로 문명의 최고 발전 단계가 아닐까? 그들은 이미 선진국이 동경하는 발전된 미래 사회에서 살고 있었다. 그리고 지리산 둘레길 어느 마을에서 아마존의 조에족을 만난 기분이 들었다.

땅이 필요해
– 가장마을 가는 길

걷기는 계속된다. 될 수 있으면 좀 더 느린 속도로 걷고 싶다. 내 능력이 닿는 한 눈과 귀와 코에 최대한 담아가려 욕심을 부린다. 그러나 느린 걸음은 말처럼 쉬운 게 아니었다. 걸음걸이에 자꾸만 신경이 쓰인다. 그나마 잠시 멈춰서 스케치를 하며 속도를 조

절한다. 이럴 땐 뛰어나진 않아도 그림 솜씨가 쓸 만하다.

둘레길 어느 부족의 집에선 흰둥이가 낯선 도시인을 보고 열심히 짖어댄다. 자기 밥값 제대로 하는 흰둥이를 보니 예전에 키웠던 우리 집 누렁이가 생각난다. 어느 날 학교에서 돌아오니 누렁이가 나가서 돌아오지 않고 있었다. 백방으로 찾아봤지만 찾을 수 없었다. 결국, 누렁이 찾는 걸 포기했는데 누군가 이런 말을 했다.

"원래 개가 집을 나가면 좋은 거래. 그러면 가족 중 누군가를 살린대."

그게 어디서 시작한 '원래'인지 모르겠다. 그냥 위로하려는 말이었겠지만 기분이 좋진 않았다. 누렁이한테 잘해주지 못했던 기억이 났다. 그 후로 우리 집은 강아지를 키우지 않았다.

며칠 전 12년 키운 친구네 강아지가 죽었다는 부고를 들었

행정마을을 지나 길게 휘감아 도는 흙길을 따라 가장마을로 향한다.

다. 요즘은 사망 진단서에 화장까지 한다고 했다. 한 선배의 15년 키웠던 강아지가 죽었을 때 슬퍼하는 목소리로 혹시 집에 삽 없느냐는 전화가 온 적도 있다. 아파트에 사는 사람들이 땅을 팔 삽을 갖추고 있을 리 없다. 강아지를 묻어줄 자리를 찾아 선배와 뒷산을 돌아다녔다. 그러다 사람들 눈치가 보여 포기하고 말았는데 나중에야 애완동물을 화장하는 곳이 있다는 걸 알게 됐다.

몇 년 전 비상계단을 오르다 깜짝 놀랐던 기억도 난다. 새장 안에 토끼가 죽은 채 방치돼 있었다. 무책임하게 토끼의 시체를 버려둔 것에 분개했지만, 함께 살던 생명을 마음 놓고 저 세상으로 보내줄 한 평 흙을 찾을 수 없다는 것이 더 답답했다. 아마 토끼를 키우던 아이나 부모도 당황했을 것이다. 그나마 토끼를 묻을 수 있는 곳이라면 공원이 전부일 텐데 그랬다가는 경비원이 출동할 사건이다. 오죽했으면 반려동물을 위한 화장터가 생겼을까.

산을 통째로 파 없애고 콘크리트와 시멘트를 부어 신도시를 만든다. 사람들이 입주하지 않는 빈 아파트가 늘어나도 뉴타운 재개발은 계속되지만, 보잘것없는 생명을 거둬줄 땅 한 평을 용납하지 않는 것이 서글프다.

행정마을을 지나 길게 휘감아 도는 흙길을 따라 가장마을로 향했다. 길에는 온통 초록의 나무와 풀, 논에는 막 심어진 모, 밭에는 감자들이 줄지어 있다. 얼마 전 비가 왔는지 땅에 선명하게 찍혀 있는 경운기 바퀴 자국이 깊다.

지리산 둘레길 여행을 마친 후 사진을 정리하면서 그때의 감격을 다시 한 번 떠올린다. 그리고 다시 그곳으로 도망칠 계획을 짠다. 사진 속 여러 작물을 심고 남은 밭 귀퉁이에 마늘이 보인다. 마치 긴 촛대에 불꽃을 환하게 밝힌 것 같다. 그런데 순간,

"이거 마늘인가?"

하는 의심이 들었다. 한참을 다시 들여다본다.

"이거 파인가?"

난 현대인의 선생이자 정보 창고인 인터넷 검색창에 '마늘'을 묻는다. 사진을 찾아보지만, 마늘은 아닌 것 같다. 다시 '파'를 질문한다. 내가 찍은 사진과 일치하는 사진이 나온다. 파와 마늘을 구분하지 못하는 자신을 보니 마음이 편치 않다. 글을 쓰면서 둘레길이 어떻고 자연이 어떻고 환경이 어떻고 떠들었는데, 마늘과 파를 인터넷 검색으로 확인하는 게 지금의 나였다.

사실 지금의 나이를 먹고도 땅 위의 마늘과 파를 제대로 본 적이 없던 것 같다. 아니, 보았어도 눈여겨보지 않았던 게 맞다. 기껏해야 부엌칼로 난자당해 쌈 위에 올라온 마늘을 보거나 기꺼이 뜨거운 콩나물국에 뛰어들어 자신을 희생한 파 조각을 보았을 뿐이다. 수십 년간 자신을 죽여 내가 되어주었는데 땅속에 얼굴을 묻은 파와 마늘을 알아보지 못한 것이 민망하고 미안하다.

서울의 지하철보다
질매재의 소나무숲

행정마을을 빠져나와 가장교를 건너 작은 개천의 둑을 걷는다. 오전인데도 태양이 제법 뜨겁다. 제방길 중간에 서서 길 건너를 보니 가장마을이 보인다. 그 왼쪽으론 가장마을 입구인 듯 정자나무가 보인다. 가장마을로 들어서기 전 그늘이 잘 든 나무 아래 자리를 잡고 멀리 보이는 마을 풍경을 스케치했다.

가장마을이라는 이름은 마을의 형상이 선녀가 내려와 화장

하는 것 같다고 해 지어진 것이다. 지금은 농막 장庄자를 써 농사짓는 움막을 가리킨다고 한다. 마을 유래가 재밌다. 선녀가 화장하는 모습? 옛사람들의 상상력이라는 게 신기하다. 과학이라는 것이 학자의 상상력에서 출발해 그것을 검증하고 실험하는 과정이라면 풍수지리도 과학이 분명하다.

지금은 <해리포터>의 마법사나 <반지의 제왕>의 오크족, 엘프족, 호빗처럼 인간 이외의 종족을 창작물 속에서 많이 접할 수 있다. 하지만, 그 옛날 우리 땅에선 옥황상제, 신선, 선녀와 같은 천상계의 인물들이 상상할 수 있는 최대치였을 거다. 내가 즐겨봤던 외화 시리즈 <엑스파일X-FILE>은 유에프오UFO와 외계인, 그리고 우리가 상상의 세계에서만 보았던 미스터리한 존재들을 다루고 있다. 미스터리한 존재들이 어떻게 탄생했고 어떤 사연이 있는지 추적하기도 한다. 다시 말해 보이지 않는 세계에 대한 믿음과 열망이다. 공상과학 영화 이야기와 가장마을의 유래가 크게 다르지 않다는 생각이 들었다.

스케치를 마치고 가장마을에 들어섰다. 마을 입구 정자나무 숲에 정자와 낡은 놀이 기구들이 보인다. 놀이 기구를 타고 놀 아이들이 없는 걸까? 많이 낡아 보였지만 그래도 없애지 않고 있는 걸 보니 누군가가 이용하는 것 같다.

놀이터엔 안내센터에서 세운 나무 표지목이 있다.

'길을 허락해 주신 마을 주민께 감사드립니다.'

지리산 둘레길을 다니다 보면 전에는 갈 수 있던 길이 마을 주민의 요청으로 폐쇄되고 다른 곳에 새로운 길이 열리는 경우를 종종 본다. 인심이 박하다고 생각할 수도 있지만, 우리 집 아파트 복도 앞이 매일같이 외지 사람들로 시끄럽다면 도시에선 신고 들어갈 일이다.

동복 오씨 문중 묘를 지나 질매재로 들어섰다. 동복 오씨와 강릉 유씨가 지금으로부터 300여 년 전 이곳에 처음 들어와 마을을 만들었다고 한다. 동복 오씨 문중 묘 옆에는 무인 쉼터가 있어 몇몇 둘레꾼들이 휴식을 취하고 있었다.

질매재에 오르니 작은 오솔길 양옆으로 구불구불한 소나무들이 가득하다. 마치 무용수같이 등을 활처럼 휜 채 팔을 뻗는가

마을길을 내어준 주민께 늘 감사하는 마음으로 걷기.

하면 다리를 구부리고 하늘을 향해 양팔을 벌리는 등 일일이 모양을 설명하기 어려울 정도로 다양하다. 월요일 아침 조회 시간에 교장 선생님 훈화를 듣는 듯한 모습이 아닌 체육 시간에 뛰어오르며 약동하는 아이들 같다. 성냥갑 같은 단조로운 이미지에 익숙한 나는 감탄사 한 마디를 뱉는다. '와' 하는 탄성으로는 성에 안 차 비탈길에 자리를 잡고 스케치를 하기 시작했다.

둘레길에서 스케치할 때는 보이는 풍경의 어느 부분부터 그릴지 고민하지 않는다. 가장 인상적인 하나로부터 출발해 그 옆에 있는 것, 또 그 옆에 있는 것으로 그림을 이어 나간다. 멈춰 있는 소나무는 한순간도 멈춰 있지 않는다. 내 눈에는 계속 움직이는 걸로 보인다. 화선지에 먹으로 거칠게 찍어 내린 듯한 소나무 껍질을 하나하나 모두 그리고 싶을 정도다. 그림을 그리는 내내

상상력이 마구 샘솟는 소나무숲길.

지루하지 않다.

나무가 울창한 둘레길을 걷다 보면 나무나 풀, 바위들이 사람처럼 보일 때가 있다. 인구 밀도가 극도로 높은 서울의 지하철에 익숙하다 보니 나무를 사람으로 혼동하나 보다. 둘레꾼들이 많이 오는 시간이 아닐 때는 두 시간을 걸어도 사람 흔적을 볼 수 없을 때가 종종 있다. 이곳의 인구밀도는 거리로 환산하면 수 킬로미터, 시간으로 따지면 두어 시간이 될 거다. 하지만, 나무와 풀과 돌과 흙의 밀도는 출근 시간의 서울 지하철이니 내 뇌가 오류를 범하기에 충분하다. 반대로 서울에서 사람과 건물과 자동차를 나무와 꽃과 풀로 착각하는 오류가 난다면 좋겠다는 상상을 해본다.

스케치를 마치고 부지런히 질매재를 넘으니 덕산 저수지가 보인다. 덕산 저수지 길목에 길을 가리키는 둘레길 표지목이 넘어지지 않게 전봇대에 꽁꽁 묶여 있는 모습도 양팔을 벌린 사람 같다. 포로가 된 표지목은 도망치지 못하도록 전봇대에 묶여 있으면서도 숨을 헐떡거리며 자신의 임무를 다하고 있었다.

지리산 둘레길이 순례의 길, 자기와 만나는 성찰의 길이기만 한 것은 아니었다. 하나 덧붙이자면 상상의 길이기도 하다. 지리산 둘레길은 상상력의 가습기다. 나 자신과 만나는 중요한 순간이고 영혼이 건강해지는 아름다운 길이며 건조해진 뇌 주름에 단비를 적셔주는 길이다.

회덕마을의 보물을 아시나요

상상의 길을 따라 노치마을로 들어섰다. 노치마을에서 보이는 전경은 지리산의 관문인 고리봉과 만복대다. 마을 앞에서 산을 보니 지리산의 한 자락이라고 짐작할 수 있을 만큼 산세가 우람하다.

노치마을 안쪽으로 들어가 느티나무 아래서 잠시 쉬기로 했다. 느티나무 아래엔 마을 소개비와 한반도 지도, 백두대간이 표시된 조각물이 있다. 지리산 어딘들 한국전쟁의 상처가 남아 있지 않은 곳이 있겠냐만, 이곳 역시 빨치산 토벌로 완전히 불타 버렸다고 한다.

무엇보다도 노치마을은 국내에서 백두대간 능선이 통과하는 유일한 마을이다. 남동쪽 정령치에서 서북쪽 여원재로 혹은 고리봉에서 수정봉으로 이어지는 백두대간의 길에 자리 잡고 있다. 한반도의 척추인 백두대간 위의 유일한 마을이라고 하니 얼핏 생각하면 믿어지지 않는다. 그 많은 마을은 왜 백두대간을 비켜갔을까?

휴식을 끝내고 조용한 마을을 벗어나 회덕마을로 걸음을 옮겼다. 60번 국도를 따라 잠시 걸으니 오른쪽에 마을이 보인다. 그리고 마을 왼쪽 끝에 민속촌에나 전시되어 있을 법한 초가집 한 채가 보였다. 전시용 집이 아니라 지금도 사람이 사는 집이다. 서울 촌놈이 뭘 알아야지, 그냥 풀로 엮은 집이라 초가집이라 생각했는데 이 집의 지붕은 억새로 만들었다고 한다. 지붕이 상당히 높고 가팔랐는데, 이는 해발 500미터가 넘는 고원지대의 특성상 눈과 비에 대비해 디자인한 모습이란다.

그냥 지나칠 수 없어 마을 농기계 창고 앞에 앉아 억새집을 담는다. 놀라운 건 지붕을 포함해 아직도 옛 모습 그대로 집을 유지하고 보수하며 지낸다는 점이다. 억새를 모으고 옛 방식대로 다시 얹는 일이 손이 많이 가는 작업일 텐데 집주인 고집도 대단하다.

문명의 이기인 휴대 전화는 최신 기종이 나온 지 얼마 되지 않아 또 새로운 기종이 나온다. 그러면 멀쩡한 전화를 서랍 안에 모셔두고는 새 주인님(?)을 모신다. 반대로 한 기계에 몇 년씩 충성을 바치는 사용자들은 부품이 더는 생산되지 않아 고장이 나면 배신해야 하는 경우가 종종 있다. 이제는 초가집에 사는 사람이 드물다. 초가집이 고장 났을 때 교체할 부품은 물론이고 제품을 수리할 기술자가 이 지구에 계속 존재하게 될지 궁금해진다.

대량 생산되어 싸게 살 수 있는 건축 자재들이 널린 세상이다. 몇 달 혹은 몇 주 만에 뚝딱 하고 집 하나를 만드는데 저 집을 유지하고 보수하느니 허물어서 그럴듯하고 값도 싼 집을 만드는 게 남는 장사다. 한마디로 지금 세상의 경제적 가치 기준을 따라가지 못하는 거다.

얼마 전 다녀온 독일 여행 이야기다. 초등학교 때부터 귀가 따갑게 들었던 선진국 독일은 화려한 현대식 문명국이라 알고 갔는데, 대도시 뮌헨의 중심부에서도 고층 빌딩을 찾아보기 어려웠다. 뮌헨에서 가장 높은 건물은 성당이었고 숙소 주변에 5층 이상의 건물은 단 한 채밖에 없었다. 상당수 건물이 적어도 내 눈에는 현대식이 아니었다. 옛 건물의 외양을 유지하고 있었고 새로 짓는 건물도 옛 모습으로 지어지고 있었다. 소위 관광 도시라는

곳도 대부분 중세풍의 건물이거나 바로크 양식의 건물이고, 무엇보다도 그 건물엔 평범한 사람들이 살고 있었다.

몇 해 전 한국에 잠시 머물렀던 프랑스 청년으로부터 질문을 받았다.

"왜 한국은 옛날 건물을 부수고 새 건물을 이렇게 많이 지어?"

"옛날 조선시대 건물들은 전쟁 겪으면서 다 없어졌어."

"아니, 그런 건물 말고. 30년 정도 되는 건물도 볼 수가 없는 걸. 지어진 지 얼마 안 되는 새 건물밖에 없어."

난 딱히 해줄 말이 없었다.

'너희는 이해하지 못해. 왜냐하면, 넌 선진국에서 살았으니까. 부수고 허무는 게 뭘 가져다주는지 잘 모를 거야. 한국이 이만큼 사는 건 다 허물고 부수길 잘해서다.' 라고 속으로 비꼬았다.

그래서 억새집이 회덕마을에 두 채만 남은 거다. 어딘가 찾아보면 더 있겠지만, 국보 지정까진 아니어도 뭔가로 지정해야 할 만큼 보기 어려운 게 되어 버린 거다. 몇십 년을 돈 되는 거 만드느라 싹 다 뒤집어 까는 데 익숙해졌는데, 얼마 전부터 지구가 병들어 가니까 경제적 가치 우선에서 지구 환경과 생명을 살리는 게 우선인 세상이 되었다. 다시 여기에 발맞추지 않으면 후진국 소리 듣는 세상이다.

'잘살아 보세'라면서 가치 없어 보이는 후진 것들을 다 버렸는데 이제 와서 그것들이 가치 있는 것들이 되어 다시 돌아오게 됐다. 냄새나고 비위생적인 재래식 화장실은 물을 절약하며 귀중한 거름으로 다시 돌아왔고, 평범했던 시골 밥상은 건강식으로, 구들을 때던 흙집은 황토방으로 돌아왔다. 돈벌이가 안 된다고 다들 떠난 시골은 대안적 삶의 공간이 되어 귀농을 재촉한다.

집에 아무도 거들떠보지 않던 장식품들이 있다. 삼촌이 죽어도 버릴 수 없다고 해서 이사를 할 때마다 꼬박꼬박 손수 챙겼던 턴테이블과 오래된 엘피LP음반이다. 그것들의 존재를 까맣게 잊고 지내던 어느 날, 턴테이블로 엘피LP음반을 틀어주는 카페에 다녀와서는 우리 집에 얼마나 귀중한 보물이 있었는지 새삼 깨닫게 되는 그런 일 같다.

지리산 둘레길은 그런 길이다. 모두가 거들떠보지 않았던 길, 가치 없다고 생각해 내버려뒀던 길이었다. 그 가치를 알아본 사람들이 마을과 마을, 길과 길을 이으니 죽어가는 문명을 살리는 희망의 길이 되었고, 생명의 귀중함을 배우는 학교 가는 길이 되었고, 잃어버린 자신과 만나는 순례의 길이 되었다.

삼촌의 수고로 몇십 년 동안 버려지지 않고 있다가, 후에 돈 들이지 않고 거저 얻게 된 음반처럼 나는 누군가의 수고로 지리산 둘레길을 거저 얻게 된 셈이다.

누구에게나 공평한 둘레길
– 사무락다무락 / 구룡치 / 내송마을

스케치를 마치고 다시 60번 국도를 걷는다. 몇 걸음 옮기니 길 오른편에 표지목이 보인다. 표지목의 방향은 숲을 가리킨다. 이제 마을이 끝나고 주천면 내송마을까지 숲길을 걸어야 할 모양이다. 작은 개천에 정말 예쁘게도 놓인 징검다리를 건너 숲으로 올라갔다. 잠시 올라가니 정말 새벽에 토끼가 물만 먹고 갈 옹달샘이 보이고 사무락다무락 표지목이 나온다.

길가엔 길게 몸을 늘어뜨린 소나무 한 그루가 신기하게 서 있고 그 앞엔 사람들이 소원을 빌며 쌓아 올린 돌탑 여러 무리가 있다. 사무락다무락은 '소망所望 다무락(담벼락의 남원말)'이 변해서 된 것으로 보인다. 이 길을 지나는 사람들이 무사함을 빌고자 지날 때마다 돌을 쌓아 올렸다고 한다.

나도 잠깐 작은 돌을 들어 탑 위에 올려놓았다. 생각이 복잡했다. 이곳에 바라는 것을 비느니 '차라리 로또를 사는 게 낫지'

예쁜 징검다리를 건너면 내송마을까지는 숲길이다.

구룡치 이정표를
보면서 스케치를
하고 있는데
어떤 노신사께서
숨을 헐떡이시면서
내 앞에 등장
하신다.
아휴…
여보 빨리 와
구룡치야
여기서
기념
촬영이나
해봐.
하하
여기서서
찍어야겠다
하나 ㅡ아
그런데
이렇게
안는 순간
그 순간
헐
이 아저씨
뭐야! 짜증나게
…
그순간

하는 생각이 들다가도 '바라는데 돈 드는 것도 아니고 뭐든 어때' 하는 생각도 든다. 막상 뭔가 빌고자 하니 바람이 너무 많아선지 아니면 없어선지 딱히 떠오르는 것도 없어, "둘레길 다 마치고 집에 도착할 때까지 아무 탈 없도록 해주십쇼." 라고 착한 소원을 빌었다.

착한 소원을 자책하며 구룡치를 향해 갔다. 가다 보니 길가에

웬 비석이 서 있는데 '장흥고씨묘동長興高氏墓洞'이라고 한자로 새겨져 있다.

장흥 고씨? 내가 장흥 고씨다. 비석을 보니 마치 집이 아닌 밖에서 우연히 아버지를 만난 기분이 들었다. 모른 척하기도 그렇고 아는 척하기도 그런 어색한 마주침이다. 분명히 내가 한자를 모르거나 장흥 고씨인 줄 몰랐다면 그냥 지나쳤을 것 같다. 다행인지 불행인지 뼈대 있는 가문이 아니어서 조상님에 대한 존경이나 가풍을 강요받아 본 적도 없고 우리 집이 큰집이 아니라 명절 때 차례나 제사를 신경 써 본 적도 없다. 친 조부모님의 얼굴을 뵌 적도 없고 명절이나 방학 때 시골이라고 가본 적도 없다. 그나마 내가 장흥 고씨라는 걸 알고 사는 것만으로도 다행하고 충분한 일이다. 어쩌면 이런 나에게 이 길이 시골집이 될 수도 있겠다는 생각을 하며 구룡치에 올랐다.

구룡치에 오르니 그동안 잘 안 보이던 사람들이 보인다. 구룡치는 주천면의 마을 사람들과 산내면 달궁마을 사람들이 남원 장을 가기 위해 지나다니던 길목이었다. 길목답게 꼭대기에 공간이 넓었고 오가는 사람들도 많았다. 산내면 달궁마을 사람들이 남원장에 가려면 2박 3일이 걸렸다는데 구룡치를 지나면 시간을 단축할 수 있었다고 한다.

구룡치에서 잠시 쉬어가려 의자를 펴고 앉았다. 남원 주천 방

구룡치

향을 보고 앉으니 내송마을로 휘어있는 길과 소나무 숲이 꼭 전설의 고향에 등장하는 세트 같았다. 마치 누가 만들어 놓은 것처럼 말이다.

지리산 둘레길에선 노부부나 어린 자녀와 함께 걷는 가족, 혹은 가벼운 옷차림으로 걷는 2,30대 여성들을 자주 볼 수 있다. 예전에 산을 좋아하는 지인과 함께 북한산이나 가까운 산에 자주 올랐다. 그때 지인이 하던 말이 생각난다.

"산에는 미인이 없어."

산엔 주로 남자들이 많다. 물론 등산을 즐기는 어머니들도 많다. 노총각의 눈물 섞인 푸념이지만 젊은 여성들이 상대적으로 등산을 즐기지 않는다는 말이다. 산에 오른다는 것은 기본적인 체력과 장비를 필요로 하는 수직적인 놀이다. 젊은 여성들뿐만 아니라 어린아이들, 청소년, 그리고 가족이 동반하는 경우를 보기 어려웠다. 하지만, 지리산 둘레길은 수평적인 성격 덕분에 남녀노소 누구나 공평하게 맞이해 준다.

요즘 야구장에 가보면 적어도 관객의 반 이상이 젊은 여성팬들이다. 그뿐만 아니라 온 가족이 함께 와서 여가를 즐긴다. 엄마와 아빠가 응원하는 팀이 다르고 아빠의 응원 팀을 아이가 대물려 열성팬이 되기도 한다. 젊은 여성팬들이 많아지면서 자연스럽게 전체 입장 관객 수도 증가했다. 1982년 프로야구 출발 이후 2010

년 누적 관객 수 1억 명을 돌파했다. 게다가 전에는 볼 수 없었던 기발하고 발랄한 응원들이 등장하는 등 야구 문화의 흐름이 바뀌어 가고 있다.

왜 이렇게 남녀노소 다양한 층의 사람들이 야구를 응원할까 생각해 봤다. 단언하긴 어렵지만, 이제 이기는 것이 중요한 야구의 세상은 끝난 게 아닐까 한다. 응원하는 팀이 졌다고 상대 팀 버스에 흠집을 내거나 분풀이로 상대 팀을 응원한 사람과 시비 붙는 일은 더는 볼 수가 없다. 네 팀, 내 팀의 편 가르기 관람을 떠나 야구를 사랑하는 같은 팬으로서 둥근 야구장에 모인다.

아저씨들이 득실거리던 야구장이 우승이라는 한 가지에 관심이 쏠렸다면 지금은 선수들이 어떤 유니폼을 입었는지 내가 좋아하는 선수는 결정적인 순간에 어떤 표정을 짓는지 어느 구장에 어떤 음식이 맛있는지 등등 그동안 관심 밖이었던 것들이 관심의 중심으로 들어온 시대가 되었다. 어쨌든 이기는 것만 바라보던 구단과 선수, 팬들이 뜻을 모아 모두가 즐기는 야구로 변화를 모색했기 때문에 지금의 한국에서 가장 사랑받는 스포츠로 자리 잡은 것 같다.

둘레길을 걷다가 엉뚱하게도 야구장으로 빠졌다. 어쨌든 비슷한 구석이 있다. 둘레길을 걷는 것은 이겨야 하는 승부가 아니다. 가다가 힘들면 멈추면 되고 그냥 집에 돌아가도 된다. 집에 돌아가기 어려워 그냥 근처 마을에서 하루 묵어가도 재밌는 추억이 될 거다.

야구장에 들렀다가 다시 둘레길로 돌아오니 개미정지가 보인다. 한눈에 봐도 주변 나무들과 생김새가 다른 서어나무 여러 그루가 사람들 몰래 모임을 하는 것처럼 모여 있다. 둘레길을 다니다 보면 서어나무를 자주 만나는데 주로 좁은 길이 이어지다가 나타나는 넓은 터에서 자주 마주친다. 개미정지도 그런 곳이었다. 빈터에 서어나무를 심는 것인지 아니면 서어나무가 있는 곳은 그렇게 쉬어갈 만한 곳이 되는지 의문이다.

의문의 개미정지에서 잠시 정지했다. 구름이 많아 해가 더 빨리 지는 것 같았다. 서둘러 내려가는 둘레꾼들을 보니 괜히 마음이 바쁘다. 개미정지를 벗어나니 내송마을이 나타났다.

산을 끼고 있는 내송마을에서 비스듬히 내려다보니 저 앞으로 외평마을이 보인다. 아무리 만석꾼이 살았던 고원이라 해도 시야가 멀리 가지 못하고 산에 걸리고 말았는데 평지가 제법 넓어 보이는 것이 고원 아래로 내려왔다는 느낌이 든다.

지금 걷는 한걸음이 행복한 이유
– 외평마을

내송마을을 벗어나 국도를 건너 외평마을로 들어섰다. 개천을 건너는 다리가 나온다. 다리 이름이 행정교다. 운봉읍 행정마을에 있는 행정교와 이름이 같다. 다리를 건너니 비부정이 나온다. 과거엔 이곳에 솟보거리 주막이 있었다고 한다. 전남과 경남 일부에서 한양으로 올라가는 유일한 길이었다. 지금처럼 어디로든 통하는 길이 많아진 세상이 오기 전엔 오가는 사람과 주막이 얼마나 많았을까 상상해 봤다.

외평마을 파출소 앞까지 가면 약 14킬로미터의 운봉–주천 구간을 마무리 짓게 된다. '이제 다 왔구나' 생각하니 파출소까지가 더 멀게 느껴졌다. 몸이 지쳐서 그런가? 거리가 좀처럼 좁혀지지 않는다. '아직도 멀었나?' 생각하며 고개를 돌리니 어느새 파출소 앞에 도착했다.

끝이다. 아니 끝이라는 말은 좀 아쉽다. 마치 고생길이 끝났다는 식의 말투라 어울리지 않는다. 하지만, 딱히 떠오르는 말도 없다. 주천에서 구례로 가는 둘레길은 아직 이어지지 않았다. 동남쪽 방향 둘레길은 당분간 여기까지다.

그리고 나의 일상을 위해서도 오늘은 여기까지다. 파출소 앞에 당도하니 속속 도착하는 둘레꾼 길동무들이 남원시나 운봉 혹은 인월 쪽으로 이동했다. 난 버스를 타고 남원시외버스터미널까지 가기로 했다.

잠시 의자를 펴고 장안슈퍼 벽에 기대어 버스를 기다렸다. 버스 정류장 길 건넛집이 마음에 들어 스케치북에 담는다. 스케치하는 동안 어린이집에서 돌아오는 손자를 마중 나온 할머니, 학원 수업을 마치고 집에 돌아오는 아이들, 시내 갔다가 일을 마치고 돌아오는 아저씨 등등 정겨운 모습이 내 눈앞을 스쳐 지나간다.

조용했다. 자동차 몇 대가 지날 때 나는 소리를 빼곤 무성 영화를 보듯 작은 움직임들만이 있을 뿐이다. 기분이 차분해졌다.

아무 탈 없이 여행을 마친 것에 설명할 수 없는 충만함이 느껴졌다. 그러고 보니 사무락다무락에서 아무 사고 없이 여정을 마치도록 빌었던 것이 이뤄진 것 같다. 이런 기분을 행복이라고 한다면 분명 난 행복해하고 있었다.

가끔 사람들과 만난 자리에서 둘레길 여행이 화제에 오르면 나에게 "지리산 둘레길에서 어느 구간이 가장 좋았어?"라거나 "왜 둘레길을 가냐?"는 질문이 쏟아진다. 하지만, 그때마다 말문이 막힌다. 어느 곳이 제일 좋은지 생각하며 걸어본 적이 없었기 때문이다. 그리고 왜 가는지 따져 보고 간 적도 없었다.

굳이 대답한다면 '지금'에 충실할 수 있기 때문이라고 말하겠다. 한걸음 한걸음에 집중하고 배고픔과 목마름에 충실해야 하고 길을 잃지 않고 잘 가는지 길에서 시선을 떼지 말아야 한다. 그리고 내 몸이 신호를 보낼 때마다 욕심내지 않고 충분히 휴식도 취해야 한다. 잊고 싶지 않은 모습이 있을 땐 펜을 들고 그 자리에 앉아 그림으로 남긴다.

지리산 둘레길은 단 한순간도 미래를 위해 살게 하지 않았다. 앞날을 위해 지금을 희생하며 사는데 익숙한 나에게 지금 걷는 한걸음이 얼마나 행복한 것인지 말없이 가르쳐 주었다. 둘레길의 '좋음'은 어느 구간에 있는 것이 아니라 '지금'이었다. 손자를 맞이하는 할머니의 기다림에도 둘레길의 좋음을 발견할 수 있다. 그리고 그 보이지 않는 것들을 느끼고 싶어 둘레길을 찾는 것이 아닐까.

잠시 후 스케치에 집중하는 내 옆에서 시선이 느껴졌다.

"우와, 그림 멋지네요."

한 여자분이 관심을 보인다. 옷차림을 보니 둘레길 걷기를 마치고 버스를 타러 온 듯했다.

"아, 감사합니다. 둘레길 다녀오세요?"

"예."

"여자분들은 혼자 오시는 경우가 드문데……. 걷는 거 좋아하시나 봐요?"

"친구랑 같이 오려고 했는데 혼자 오게 됐네요."

나이도 비슷해 보였다. 그런데 그때 마침 화장실이 급해졌다. 아쉽지만 잠시 대화를 끊고 가까운 농협 화장실을 이용했다. 서울로 올라가는 거라면 말동무나 하면서 가면 좋겠다는 흑심을 품어 봤다. 잽싸게 볼일을 마치고 슈퍼 앞으로 왔는데 여자분의 모습이 보이지 않는다. 혹시나 해서 이리저리 찾아봤지만 없다. 버스가 오면 나타나겠지 했다.

잠시 후 버스가 도착했다. 아쉽게도 인연은 거기까지였다. 혼자 남원행 버스에 올랐다. 자리에 앉고는 혹시나 하며 들떴던 내 모습이 우스워 미친놈처럼 슬며시 웃었다.

이로써 운봉–주천 구간 14킬로미터의 대장정(?)을 마쳤다. 간질거리는 나른함이 밀려왔다. 마음 설레게 하고 사라진 미스터리한 여인이 떠오른다. 그리고 엉뚱한 상상을 해봤다.

'다음에 사무락다무락을 지나면 예쁜 여인을 만나게 해달라고 해야겠다.'

다음 여정에서의 예상치 못한 로맨스를 꿈꾸며 서울행 버스에 기대 잠이 들었다.

2

나눔이 감사한 길

운봉-인월 구간

■ 운봉-인월 구간 미리보기

전라북도 남원시 운봉읍과 인월면을 잇는 **9.4킬로미터**의 구간이다. **평균 4시간** 정도 걸리며 현재 5개 구간 중 가장 짧고 초행자가 걷기 쉬운 구간이다. 경유지는 **운봉농협 사거리-신기마을-황산대첩비-비전마을-가왕 송흥록 생가-국악의 성지-군화마을-옥계호-흥부골 자연휴양림-월평마을-인월면**으로 이어진다.

운봉-인월 구간의 9.4킬로미터 중 약 7킬로미터가 하천을 따라 걷는 제방길이다. 제방길을 걸으며 운봉고원의 너른 들을 만나는 것은 다른 구간에서 볼 수 없는 점이다. 인월에서 운봉을 향하면서 서산으로 지는 석양을 보는 것은 이 구간의 백미다. 하천의 제방을 따라 마을이 이어져 있고 군화마을에서 화수교를 건너 임도를 따라 고개를 넘으면 옥계호와 흥부골 자연휴양림을 거쳐 인월면 월평마을에 닿는다.

비전마을에 들어서면 황산대첩비를 만날 수 있다. 조선 건국의 시조인 이성계가 고려 말에 이곳 황산에서 왜구를 토벌하고 일약 톱스타로 등극하는 결정적인 장소였다. 그래서 이곳은 조선이 건국된 후에 오랜 시간 성지로서 부귀영화를 누렸다.

황산대첩비 바로 옆에는 가왕 송흥록 생가가 있다. 이곳이 판소리의 한 갈래인 동편제의 발상지다. 지리산 둘레길 구간에 판소리 다섯 마당 중 흥보가, 춘향가 두 마당의 배경이 되는 동네가 있는 것이다.

대부분 모든 마을에서 **민박**을 운영하고 있는데 출발 전 지리산길 안내센터 홈페이지를 방문해 이용 가능한 민박 전화번호와 위치를 숙지하면 도움이 된다. 민박은 대부분 가정집에서 운영한다. 모텔이나 여관을 생각한다면 낯설 수도 있지만, 마을 주민과 잠시나마 만날 좋은 기회가 된다. 방문객 증가로 많은 민박이 시설 개보수를 해 둘레꾼들을 맞이하고 있다.

운봉읍과 인월면에는 **식당**도 있고 간식이나 생필품을 살 수 있는 가게도 있지만, 그 외 마을들은 여느 구간과 별 차이가 없으며 음식과 음료는 미리 준비하는 것이 좋다. 운봉-인월 구간은 상대적으로 거리가 짧아 곤란을 겪거나 하는 상황이 대체로 발생하지 않는다. 혹 쉼터를 이용하려면 신용카드는 사용할 수 없으니 현금을 준비하는 것도 잊지 말자.

화장실은 운봉읍의 공공건물, 황산대첩비 앞 주차장, 비전마을 마을 회관, 흥부골 자연휴양림, 인월면 인근 공용 건물과 안내센터에서 이용할 수 있다. 이 구간은 숲 안으로 들어가는 경우가 적고 대부분 마을을 끼고 걸어 화장실을 찾지 못하는 긴급 사태가 벌어지지는 않을 것이다.

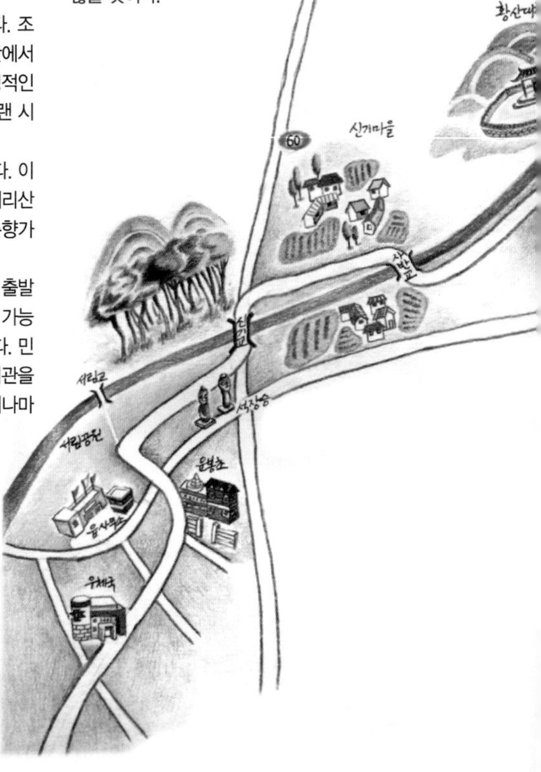

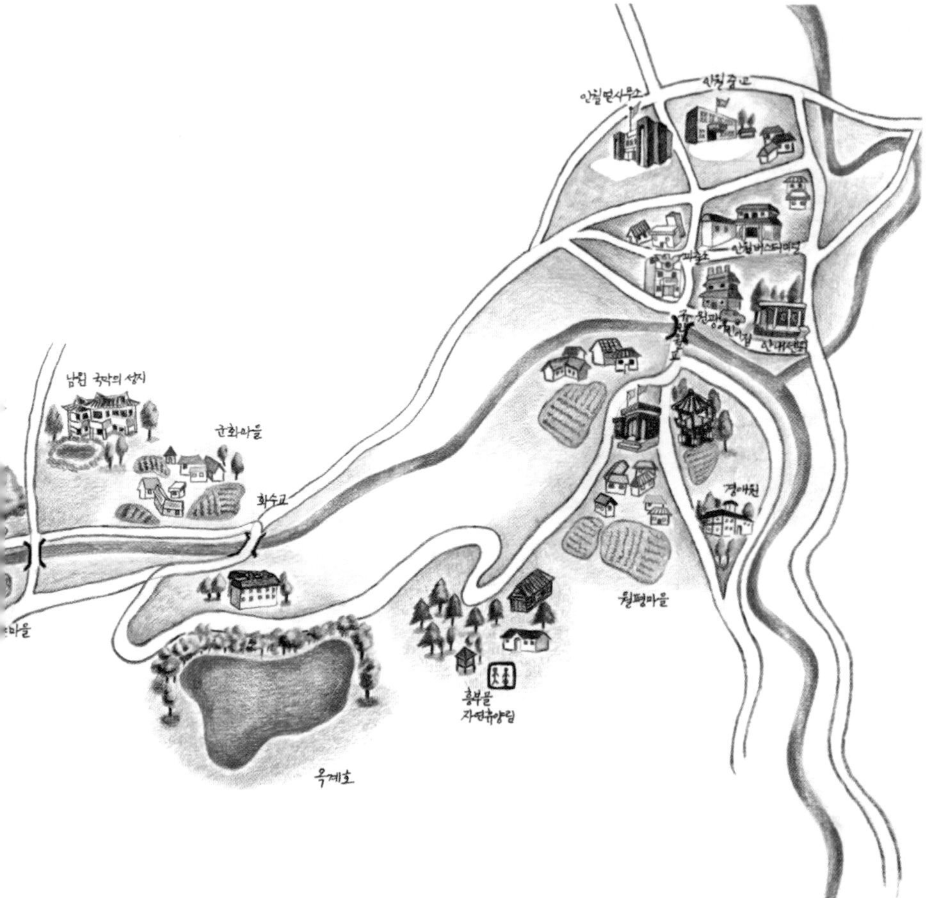
인월면사무소
인월중고
인월버스터미널
파출소
구인월교
안내센터
남원 국악의 성지
군화마을
화수교
경애원
월평마을
흥부골
자연휴양림
옥계호

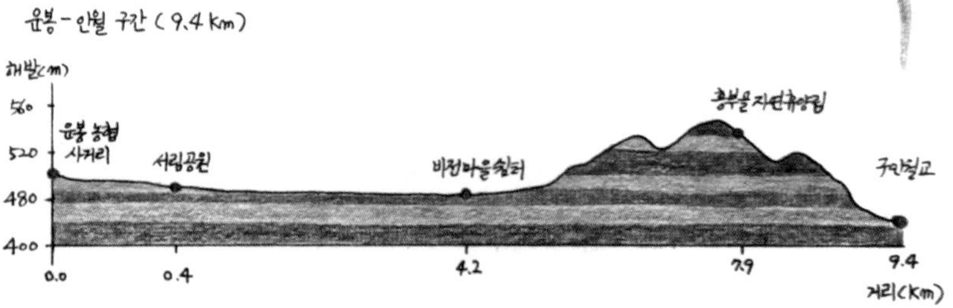
운봉-인월 구간 (9.4 Km)
해발(m)
560
520
480
400
운봉 농협
사거리
서림공원
비전마을쉼터
흥부골자연휴양림
구인월교
0.0
0.4
4.2
7.9
9.4
거리(Km)

나를 만나러 갑니다
– 인월에서 운봉으로

걷기는 내 안에 있는 나를 방송해 주는 텔레비전 같다. 두 발, 두 다리는 전기를 만드는 발전기다. 발생한 전기로 급속하게 몸이 더워지고 심장은 힘차게 움직여 뜨거운 피를 온몸 구석구석으로 보낸다. 손끝 발끝으로 보내진 피들은 산소와 영양분을 공급해 주는 것뿐만 아니라 잠자고 있는 '나'도 함께 실어 나른다.

그래서 둘레길을 걸으면 끊임없이 '나'와 마주한다. 나의 기억들과 희로애락. 이렇게 얘기하니 거창한 것 같지만 사실 내가 정리하지 못한 소소한 나의 삶이 떠오른다는 말이다. 도시의 삶은 나에게 나와 마주할 시간을 좀처럼 허락하지 않는다. 내게 수없이 느껴지는 장대한 감정들, 분노 화 즐거움 감동 갈등을 정리하지 못한 채 버려두고 만다.

걷는다는 것은 새로운 것을 보고 사람을 만나고 자연과 스치며 긍정적인 힘을 얻는 시간이기도 하지만, 걷는 순간만큼 방치

다시 돌아왔다. 함양터미널에 오니 기사님이 어디 가냐고 묻는다.
'인월' 간다고 하니 차에서 소리가 나서 같은회사 다른 버스를 타고
가라 하신다.
학생이세요?
학생은 아니구요. 나이 좀 먹었습니다. ㅎㅎ.
그냥 학생 아니에요 하면 됐을 걸, 나이 먹었다는 얘기는 왜 했을까? 나 참.
여하튼 버스를 타고 인월로 왔다.
지리산 길 오셨나봐요? 주무실 덴 정하셨구?
중군마을에 잡았어요
앗! 그런데 생각해보니 중군동에 가면 주인장도 안 계시고 식당도 없는데! … 아… 인월에서 내려야겠다
O.K.
여기 이분 중군동 가신다니까 거기서 내려드려
아씨~ 왜? 인월에서 내리냐고 하면 뭐라고 하지?
그래 뭐 좀 사가지고 가야 한다고 해야겠다.

된 나와 만날 수 있는 좋은 시간도 없다.

다시 인월에서 운봉으로 향하는 발걸음을 시작했다. 인월을 시작으로 둘레길을 보자면 전체 지리산의 북서면을 바라보며 남원 방향으로 내려가는 구간이다. 약 10킬로미터 거리이고 운봉 고원을 걷는 구간이다. 인월면 월평마을에서 시작해 흥부골 자연휴양림에 올라 군화마을로 내려오는, 약간 높은 고개를 넘는 것을 제외하면 운봉까지 평지를 걷게 되어 있다. 군화마을부터는 하천을 끼고 제방을 걷는 길이라 큰 체력 소모 없이 여유롭게 걸을 수 있다.

중군마을에서
'운봉' 예습하기

서울에서 늦게 출발한 탓에 저녁이 가까워지고서야 인월에 도착했다. 혹시나 해서 전에 묵은 적이 있는 중군마을 민박집에 연락했다. 마침 일이 있어 늦게 들어오신다기에 먼저 민박집에 도착해서 주인아저씨를 기다리기로 했다.

마루에 앉아 있으니 어느새 어둠이 짙어졌다. 원래가 조용한 마을인데 밤이 찾아오니 더욱 고요하다. 가끔 지나가는 차 소리가 적막함을 더한다. 혹시나 주인아저씨가 돌아오시나 자리에서 일어서길 몇 차례 반복하니 승용차 한 대가 마당으로 들어온다.

차에서 사람이 내린다. 반가운 마음에 차 쪽으로 다가섰다.

"안녕하세요?"

"예."

"이제야 얼굴을 뵙네요."

하며 악수를 했다.

"아, 저는 집주인이 아니고 주인 친굽니다. 조금 있으면 올 겁니다. 잠깐 어디 들렀다 온다고 하네요."

만남이라는 것이 쉽지 않다.

"전에 왔었는데 집이 비었으니 그냥 하루 묵고 가라고 하셔서 얼굴을 못 뵀습니다. 오늘도 늦으시네요."

"하하하."

친구분과 이야기를 나누고 있으니 주인아저씨가 들어온다.

"안녕하세요."

"아, 예. 저녁은 하셨어요?"

"예, 좀 일찍 먹고 들어왔습니다."

주인아저씨께서 부엌으로 들어가시더니 맥주 캔 몇 개를 가지고 오신다. 그리고 툇마루 앞마당에 탁자를 놓고 조촐한 술자리를 마련하신다.

"맥주 드시죠?"

"그럼요."

첫 만남이 그렇듯 간단한 호구 조사와 이곳에 오게 된 연유 등의 이야기가 오갔다.

"그런데 둘레길은 자주 오세요?"

"전체 구간은 다 가봤는데 자주 간 곳도 있고 한 번 가본 곳도 있고 그렇습니다."

"가본 구간 중에서 어디가 제일 좋던가요?"

"글쎄요."

둘레길을 걸어 봤다고 얘기하다 보면 꼭 듣는 질문 중 하나다. 답하기 어려운 질문이다.

"뭐 어디 한군데 딱 좋다고 생각한 곳은 없고요, 가는 곳마다 비슷한 것 같으면서 똑같은 길이 없어서 어디가 제일 좋다고 대답하기가 어렵네요. 구간마다 생김새도 날씨나 계절에 따라서 갈 때마다 다르더라고요."

"그렇죠? 그럼 내일은 어디로 갈 계획이세요?"

"운봉 쪽으로 갈 생각이에요."

"운봉! 춘향전에서 변사또가 각 고을 현감들을 불러다 잔치 벌이는 장면이 나오잖아요. 거기서 이몽룡이 탐관오리들을 꼬집어 말하는 시를 읊어요. 그런데 이몽룡이 암행어사라는 걸 눈치채고 먼저 자리를 뜨는 사람이 있죠. 그게 운봉 현감이에요. 지금은 사람들이 잘 모르지만 운봉이라는 곳은 작은 시골 마을이 아니었어요."

춘향전으로 시작해 운봉에 대한 이야기가 봇물 터지듯 줄줄이 이어진다. 운봉은 해발 500미터 위에 있는 평원인데 예로부터 농사가 번성했다. 주인아저씨 말씀으론 과거에 만석꾼이 대대로 살던 곳이었고 일본 강점기에 이곳 만석꾼 박희옥이 우리나라 최

초로 일본에 비행기를 바쳤다고 한다. 그 시대에 쌀이나 돈이 아닌 비행기를 공납했을 정도면 그 부의 규모가 얼마나 컸을지 상상할 수 없을 정도다.

운봉에는 황산대첩비가 있다. 고려 말 왜구가 이곳을 점령할 때, 당시 세력이 약한 일개 장수였던 이성계가 운봉 황산에서 왜구를 토벌하고 일약 스타로 발돋움했다. 그래서 조선에서는 운봉의 황산대첩비를 신성하게 여겼다고 한다. 고려시대 이전부터 이곳은 경상도 지역에서 서쪽 지방으로 가는 길목의 식량 창고 같은 곳이어서 역사적으로 중요한 장소였다.

주인아저씨로부터 이런저런 구구절절한 역사 이야기를 많이 들었다. 산으로 둘러싸인 농촌 마을에 이런 역사적 뒷이야기가 있다니 신기하고 흥미롭다. 이렇게 조용한 곳이 당시엔 도대체 어떤 모습이었는지 상상이 가지 않았다. 한편으론 그 번성했던 장면들의 흔적을 이 시대에는 찾아볼 수 없다는 생각에 허탈했다.

이야기가 무르익다 보니 술기운도 무르익고 아쉬운 빈 캔만 늘어갔다. 이렇게 이야기하다가는 밤을 새워도 끝나지 않을 듯해 아쉽지만 자리를 정리하고 잠자리에 들었다.

길 위의 다짐,
묵묵히 일하는 농부처럼

날이 밝았다. 잠자리가 바뀌어 그런지 잠을 설쳤는데 눈치 없는 수탉 한 마리가 새벽 4시부터 우는 탓에 자다 깨다를 반복했다. 그러는 통에 누워 있어도 더는 잠이 오지 않는 상태가 되어 자리에서 일어났다.

주인아저씨도 친구분도 일어나 계셨다. 부엌에서는 라디오

스케치북을 넣었다 꺼냈다 하기 번거로워 고안했다. 어깨에 멜 수 있게 끈을 달았다.

소리가 웅얼댄다. 한쪽에서는 커피 내리는 냄새가 고소하게 풍겨오고 주인아저씨는 어제 얻어 온 거라며 빵과 수박을 아침으로 내어 놓으신다. 그냥 혼자 지낼 때 먹는 식이란다. 아침에 빵과 커피와 수박이 다소 안 어울릴 것 같았지만 뜻밖에 먹을 만했다.

식사하며 한참을 수다 떨다가 일어섰다. 생수병에 물을 담고 짐을 챙겨 길을 나섰다. 다음에 또 보자며 인사를 나누고 운봉으로 향했다.

민박집을 나서 10여 분 걸으니 아침 일찍부터 자외선에 맞서 완전히 무장한 한 무리의 아주머니 둘레꾼들과 마주쳤다. 이제 또 길이 시작되는구나 하는 생각이 들었다. 월평마을이 가까워지니 길옆으로 초록색 융단이 깔린 듯 모들이 무럭무럭 자라고 있다. 얼마 전 왔을 땐 내 손바닥 정도 되던 놈들이 어느새 쑥쑥 자라 있다. 그 융단 한가운데서 김을 매고 있는 농부의 모습이 유난히 작아 보였다.

농사짓는 과정에 대해 속속들이 알지는 못하지만, 농부에겐 평가를 의식한 농사란 없다는 생각이다. 곡식이 열매를 맺기 위해 지금 내가 무엇을 해야 하는지만을 생각하는 것 같았다. 하늘을 보고 씨를 뿌릴 시기를 정하고 잡초를 보고 김을 매고 물이 부족하면 물을 대고 오직 땅과 하늘을 보고 해야 할 일을 정한다.

김매는 농부를 보니 내 앞에 내가 보인다. 만화라는 작업을 농사일에 빗대자면 그 이치가 별반 다를 것이 없다.

'너는 어떠냐? 너도 저 농부처럼 이야기의 씨를 뿌리고 김을 매고 약을 주고 비료도 뿌리고 열매 맺는 것에 온 힘을 다했느냐고.'

'변명을 하자면 저렇게 온 힘을 다했던 적도 있었고 그렇지 않은 적도 있었겠지. 나도 처음엔 좀 서툴지만 내 최선을 믿고 열심히 했어. 그런데 시간이 갈수록 뭔가 잘 풀리지 않는다는 생각이 들었어. 나보다 잘 되는 사람들을 보면서 나만 제자리를 맴돈다는 생각에 세상이 원망스럽더라고. 그러면서 내가 뿌린 씨들을 얼마에 거둬들일 수 있을지 생각하며 그만큼만 뿌리고 김을 맸지. 이게 날 유명하게 해줄까 하는 계산을 하면서 농사를 지은 거야. 그러고 보니 언제부턴가 끊임없이 내 시선은 밖을 향해 있었네.'

'많이 지쳤었구나.'

'저 들에 묻혀 자신이 보이지 않아도 혼자서 묵묵히 풀을 뽑는 농부처럼 그렇게 되었으면 좋겠다.'

세찬 바람에도 흔들리지 않을 바위 같은 다짐을 가슴 한가득 담아 크게 숨 한 번 쉬고 다시 발걸음을 옮긴다. 인월에서 운봉으로 가는 길의 첫 마을인 월평마을 쪽으로 향하는데 멀리서 아주머니 한 분이 보인다. "안녕하세요", 하며 인사를 했다.

월평마을 뒷산 숲의 라이브 콘서트

월평마을 안으로 들어가 골목을 지나면 마을 뒷산으로 올라가는 작은 돌계단이 보인다. 돌계단을 따라 오르니 어느새 소박한 숲길을 따라간다. 숲길을 따라 20분 정도 걸으면 땀이 흐른다. 하지만, 불쾌지수를 높일 끈적이는 땀은 아니다. 등에 땀이 흐르는 걸 느낄 정도로 걷다 보니 눈앞에 나타난 작은 계곡에 보기만 해도 시원한 물이 흐른다. 그냥 지나칠 수 없어 잠시 배낭을 내려놓고 앉아 세수했다. 생각 같아서는 홀딱 벗고 들어가고 싶었지만, 이성을 찾기로 했다. 돌아와서 생각하니 인적도 없는데 그냥 확 들어가 버릴 걸 그랬나 싶다.

잠시 앉아 물소리를 감상한다. 둘레길을 걸으면 이 적막함이 적막인지도 모른 채 길을 걷는다. 지리산의 고요함 덕분에 나와 대화할 수 있는 시간이 생기니 조용하다고 생각할 겨를이 없다. 난 늘 사람들이 북적이는 소리를 듣는 것이 싫어 헤드폰을 끼고 산다. 너무 많은 사람의 사생활을 듣는 것이 부담스럽기도 하다. 하지만, 둘레길로 향하는 버스 안에서도 빼놓지 않던 헤드폰은 길을 걸을 땐 필요하지 않다. 내가 헤드폰을 끼지 않겠다고 의식해서 나온 행동이 아니라, 걷고 있다 보면 헤드폰을 끼지 않은 나를 발견한다.

그리고 내 귓전엔 라이브 공연이 펼쳐진다. 물소리, 바람에

스치는 나뭇잎 소리, 새소리. 아무 일 없어도 괜히 입가에 미소가 지어진다. 그리고 도시에서 힘들었던 일들은 아무것도 아닌 일이 된다.

다시 길을 나선다. 쉬며 걸으며 가다 보니 배꼽시계가 점심을 가리킨다. 마침 흥부골 자연휴양림으로 오르는 길가에 간단한 요깃거리를 파는 쉼터가 보인다. 메뉴가 적힌 현수막을 보았다. 이곳에서 점심을 해결하기로 하고 파라솔에 짐을 내려놓았다.

간단하게 먹어야겠다 싶어 컵라면 하나를 주문했다. 뜨거운 물을 가득 부은 컵라면 옆에 집에서 드시는 김치도 함께 온다. 면

월영마을 달뜨는 마을에서.

이 익기를 기다리니 정오의 햇볕이 뜨겁다. 그래서 냉장고에서 갓 잡아 올린 맥주 한 병을 추가했다. 둘레길을 혼자 걸으며 먹는 식사가 익숙하지만, 가끔 혼자인 것이 허전할 때면 아쉬움을 달래주는 막걸리나 맥주 한 잔이 그만이다. 오늘따라 라면 한 젓가락에 맥주 한 모금이 입에 착착 감긴다.

식사를 마치고 잠시 뜨거운 열기에 시원한 산바람을 즐기고 있자니 맥주 기운이 올라와 몽롱하다. 더 앉아 있다가는 그냥 드러누울 기세라 얼른 자리에서 일어나 다시 발걸음을 옮긴다. 쉼터에서 몇 미터 오르니 흥부골 자연휴양림이 나오고 휴양림을 지나치니 임도가 이어진다. 포장까지 번듯하게 되어 있지는 않지

연예인 이름은
모르는 사람이 없는데
길에 핀 풀꽃이름은
정작 아는 것이
몇 개 없다.
네 이름은 뭐니?

만, 가끔 보이는 교통 표지판과 급커브길 안전 거울이 차가 다니도록 낸 길임을 짐작하게 한다. 그런데 차는커녕 사람도 보기 어려운 조용한 길이다. 바람에 부딪히는 나뭇가지 소리와 내 발걸음에 달그락 소리를 내는 바닥의 돌멩이 소리뿐이다.

여름이 무르익으니 숲도 울창해지고 길가엔 꽃들이 산들거린다. 마치 사람들이 아우성치는 것처럼 바람에 꽃 머리를 이리저리 움직인다. 그냥 지나치기 아쉬워 카메라를 가까이 가져가니 나비 한 마리가 날아와 꽃에 앉는다. 그런데 문득 이런 생각이 스친다.

'이 꽃 이름이 뭐지?'

그리고 주변을 둘러보니 소나무, 상수리나무 말고는 이름을

지리산 둘레길의 표지목. 만일을 위해 번호를 확인하며 걷는 것이 좋다.

아는 나무와 풀과 꽃이 거의 없다. 자주 만나고 인사까지 나누는 사인데 정작 이름을 모르니 어색하고 부끄럽다.

꽃이 물었다.

"텔레비전에 나오는 연예인 이름은 알지?"

"그렇지. 거의 다."

"그럼 여기 숲길에 있는 꽃 중에서 아는 이름은 몇 개나 돼?"

"음……."

"하하하! 너 진짜 도시 촌놈이구나!"

브라운관 안의 세상이 숲이고 그 안에 나오는 연예인들이 꽃이라면, 꽃과 나비는 숲의 배우이자 연예인들이구나. 이곳에 오면 인터넷을 검색하거나 텔레비전을 보고 싶은 생각이 들지 않는다는 걸 문득 깨달았다.

사람 살리는 지리산
– 옥계저수지 / 군화마을

바람결에 살랑대는 지리산 둘레길의 톱스타들을 보며 내리막을 걷는다. 내리막으로 잠시 걷다 보니 왼편에 저수지가 보인다. 옥계 저수지다. 잠시 쉬어가며 저수지를 바라보라는 것인지 나무 의자가 있는데, 정오의 태양을 피하진 못해 옆의 작은 나무 그늘에 들어갔다. 잠시 땀을 식히고 걸음을 재촉하니 저수지의 높은 둑이 나타났다. 둑의 높이가 족히 40미터는 되어 보인다.

이곳 지리산 둘레길을 걷거나 다른 농촌 지역을 다녀보면 댐이나 저수지를 자주 볼 수 있다. 주로 7,80년대 농촌 지역 새마을 운동이나 국토 개발 계획에 따라 생긴 것들이다. 식수나 농업용수, 전력 공급 등을 이유로 지어졌지만, 요즘 들어 새로 건설을 계획하는 것들은 생태 환경을 파괴한다는 우려의 목소리가 높다.

최근 일본에선 불필요한 기존의 댐을 허물어 생태를 복원한다는 소식을 들었다. 이미 지어진 댐을 무너뜨리면서까지 생태를

지리산댐이 생기면 사라질지도 모를 길. 사람이 강을 살리는 게 아니라 강이 사람을 먹여 살린다.

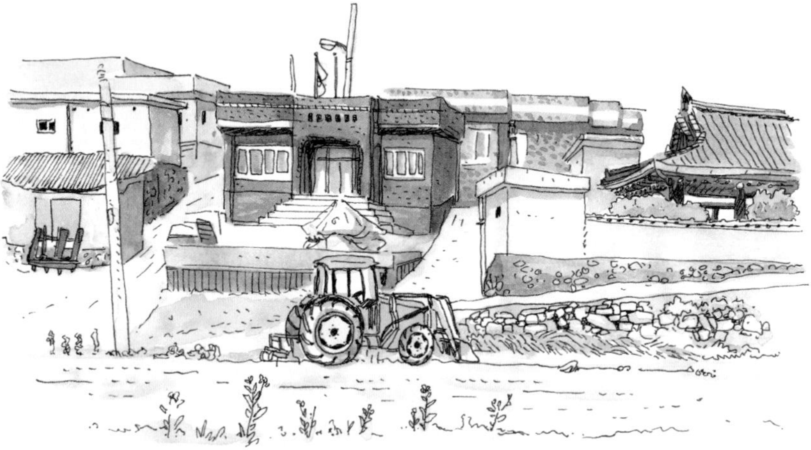

복원해야 하는 심각한 상황을 차치하더라도, 이곳에서 평생 터를 잡고 살아온 주민이 고향에서 떠나야 한다면 댐 건설은 그만둬야 하지 않을까.

몇 년 전부터 지리산에 댐을 만들겠다는 계획이 있어 마을 주민과 환경 단체들이 반대해 왔다. 게다가 지리산의 댐과 함께 주능선에 설치하려는 케이블카 건설 계획은 현재 진행형이다. 지리산 댐이 만들어질 곳은 다름 아닌 지리산 둘레길이 있는 곳이다. 엄천, 용유담이 있는 금계–동강 지역에 댐이 생긴다면 지금의 지리산 둘레길을 영영 볼 수 없을지도 모른다.

단순히 둘레길이 없어져 아쉽다는 것이 아니다. 세상의 일에 시각 차이가 생길 땐 협의와 합의와 대안이 있지만, 생명에는 대

황산교 앞에서.
개천을 따라 난 오솔길.
전봇대 늘어선 게 꼭 소나무 같다.

안이라는 것이 없다. 내가 죽고 나면 나를 대신해 살아 주는 사람은 없다. 자연이 자원이기만 할 때는 그것이 영원하리라 생각했지만, 인간의 오만과 무지 덕분에 이제 자연이 영원하지 않다는 걸 깨닫게 됐다.

한쪽에서는 강을 살리겠다며 강을 죽이고 있다. 사람이 강을 살리는 것이 아니라 강이 사람을 먹여 살린다. 강은 사람이 있기 전부터 있었고 그곳에서 문명이 태어났다. 그런데 죽지도 않은 강을 살리겠다고 강의 심장에 삽질을 하고 있다. 우리가 있기 전에 지리산이 있었고 지리산은 사람을 먹여 살렸다. 그래서 마을이 생기고 길이 생겼다. 지금 내가 그 길을 걸으며 삶의 쉼표를 찍고 버려둔 나와도 만날 수 있다.

한참을 고개를 들어 둑을 올려다보니 어지럽다. 다시 발과 무릎과 고관절을 열심히 움직여 발전기를 가동한다. 둑 오른쪽에 ㄷ리조트가 보인다. 리조트를 빠져나와 다리를 건너 군화마을로 들어섰다.

군화마을이란 이름이 재밌다. 군인들이 신는 전투화에서 따온 이름은 아니다. 1961년 대홍수 때 화수리에 이재민이 생겼다. 군인들이 마을에 머물면서 이들의 집 열세 채를 지었는데 이후 '군인들이 지은 화수 마을'이란 뜻으로 군화동軍花洞이라 부르게 됐다고 한다.

본격적인 제방길로 들어서기 전에 군화마을을 바라보고 앉아 스케치를 시작했다. 더위도 잊은 채 30여 분 마을 스케치를 하고 다시 길을 걷는다. 제방길은 대낮 햇빛에 바짝 말라 흰색으로 줄을 그은 듯 하얗게 반사된다. 바짝 마른 바닥에 작은 구멍으로 분주한 일개미들의 행렬이 이어진다. 왼쪽으로 시내가 흐르고 냇가 양옆으로 자라난 풀들은 풀밭인지 개울인지 모를 정도로 빽빽하다. 오른쪽으론 논과 밭, 그리고 이따금 마을이 보인다. 정면으로 펼쳐진 풍경은 이곳이 해발 500미터에 이르는 고지대라는 것이 무색할 정도로 수평을 이루고 있다.

시원하게 펼쳐진 평야에 취해 걷다 보니 황산교 앞에서 개천을 따라 난 제방길을 만났다. 길의 폭을 짐작하게 해주는 깊게 파인 경운기 바퀴 자국이 길게 이어진다. 소실점을 향해 사라지는 길 양옆으로 줄 서 있는 전봇대가 마치 숲길에서 만난 소나무 같다. 나무가 사람으로 보이더니 이제 전봇대가 나무로 보인다.

이성계 '데뷔'를 기념하는 비전마을

전봇대 소나무 길을 지나니 마을이 나온다. 비전마을이다. 영어의 비전Vision이 아니라 비전碑前, 비석의 앞에 있는 마을이란 뜻이다. 고려 말 이성계가 이곳에서 왜구를 제압한 것을 기리기 위해 후에 황산대첩비를 세웠고 이 비각 관리를 위해 사람들이 모여 살면서 마을이 되었다고 한다. 비를 관리하려고 마을이 만들어졌다

는 것만 보아도 조선시대에 황산의 의미가 남달랐음을 알 수 있다. 마을 5리 앞에는 하마정이 있는데 이곳을 지나는 관리는 하마비에서부터 말에서 내려 걸어와 황산대첩비에 절을 했다고 한다.

마을에 들어서면 어디선가 판소리가 흘러나온다. 마을회관을 지나 마을 정자가 보이고 그 앞에 초가지붕의 집이 있는데, 이 집이 조선 말 동편제의 왕으로 불린 송홍록의 생가다. 이곳을 동편제의 고향이라고 한다. 이성계 덕에 조선 건국의 성지와도 같았던 이곳은 역촌이라 불릴 정도로 사람들의 왕래가 잦았다. 2층 정자가 있어 구한말까지 이 주변에 주막과 기녀, 가마꾼과 소리꾼들이 상주했다 하니 동편제의 메카이자 가왕이 나온 이유와 무관하지 않은 것 같다.

송홍록 생가 앞에서 앉을 곳을 찾고 있으니 오후의 태양을 피해 느티나무 정자 아래서 한가로움을 누리던 아주머니들께서 나를 쳐다본다.

"안녕하세요?"

"둘레길 가시오?"

"네."

"힘들 것인데 어이 이리 와서 쉬고 가시오. 여그가 천국인게……."

"하하하! 예, 알겠습니다."

짐을 내려놓고 그늘에 앉아 잠시 쉬어간다. 아주머니들의 수

문 안으로 들어가면 황산대첩비가 있다. 비석 앞의 마을이라 비전마을이 되었다.

다를 들으며 스케치를 한다. 넓은 아파트, 고급 승용차에 고액 연봉이면 사는 게 만족스러울까? 그것들을 갖고도 더 좋은 것을 원한다면 그곳은 천국이 아닐 게다. 더위를 식혀줄 바람과 그늘이 즐겁다면 '여그가 천국'이다. 이곳에서 그 단순한 진리를 깨닫는다.

전에는 지나쳤던 황산대첩비가 궁금했다. 역사를 알고 나니 그냥 지나치기 어려웠다. 과거의 찬란했던 문으로 발걸음을 옮겼다. 5리 전부터 말에서 내려 걸어와 절을 했다던 그 권위 앞에 섰는데 그 모습은 찬란한 영광과는 거리가 멀었다. 원래 대첩비는 한쪽이 부러지고 정으로 쪼인 채 누워 있고 원래 자리에는 새롭게 세운 대첩비가 서 있다. 안내문에는 일본 강점기에 일본인들이 글자를 정으로 쪼아 알아볼 수 없게 훼손했다고 적혀 있다. 뭔가 서글픔이 밀려온다. 도대체 무슨 원한이 있기에 이렇게까지

조용한 길을 따라 걷는다. 운봉읍이 가까워진다.

민박집을 향해 사정없이
걷고 있는데 해넘어가는 밭에서
물을 뿌리고 있는 아저씨께 인사를
건넸다.
안녕하세요
예.

뭐에 물을 주시느냐고 물자.
여기가 콩밭인데 비가 안와서 콩이 싹을 안틔어요.

저기 뒤에선 경운기가 열심히
물을 골에 몰리고 있었다
탈탈탈탈
흙위에 흰천은
물이 증발하지 말라고
덮어 놓은 것이란다

잔인했을까? 비석이 마치 정으로 쪼여 죽은 생명체 같다.

생명을 죽이는 것만이 살생이 아니라 마음을 죽게 하는 것도 살생이라는 어느 어른의 말씀이 생각난다. 황산대첩비를 보고 가는 게 아니라 역사의 무덤을 보고 가는 듯해 발걸음을 돌리면서 마음이 허전하다.

다소 무거운 마음으로 걷는데 제방길 한가운데서 흑염소 한 마리와 마주쳤다. 마치 제 길이라도 되는 양 나를 뚫어져라 쳐다본다. 무거운 마음은 어디로 갔는지 사라지고 미소가 지어진다.

"웬 놈이냐?"

"지나가는 과객이오."

"예를 표해라!"

"아! 제가 흑염소님 그림 한 장 그려 드리지요."

"매에에에."

최대한 염소를 멀리 피해 길옆으로 지나갔다. 시냇가에 염소 가족들이 풀을 뜯고 있다. 한가롭게 풀을 뜯도록 아빠 염소가 길을 지킨 듯 보였다.

해가 서편으로 뜨겁게 넘어간다. 모가 줄지어 있는 논에 태양이 번쩍번쩍 빛난다.

비가 안 와도 걱정이고 비가 많이 와도 걱정이다. 뜨거웠던 태양은 서산으로 저물고 붉어 가는 하늘 아래 넓고 고요한 운봉

고원의 한구석, 고개를 숙이고 물을 주는 농부의 모습은 거룩한 예식을 하는 듯하다. 두 손을 모으고 고개를 숙여 콩밭의 안녕을 빈다.

운봉읍이 보일 듯 말듯 서서히 모습을 드러낸다. 신기교를 건너 운봉읍이 가까워지니 투박한 석장승 둘이 서 있다. 마치 인월에서 운봉까지 다섯 시간여의 여정을 환영하는 듯하다.

지리산 둘레길의 애프터서비스

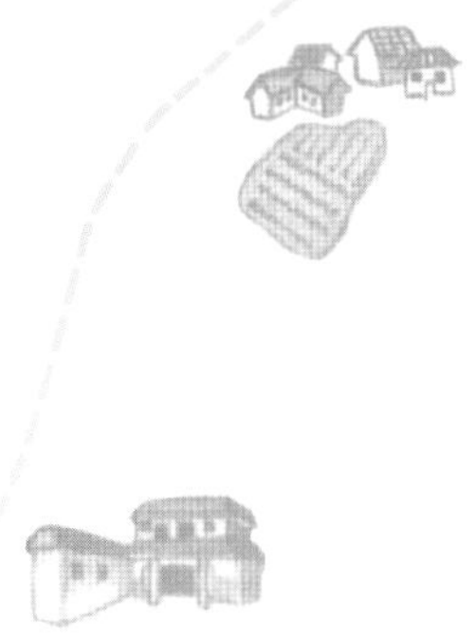

좌측으로 공장 같은 구조물이 보이는 24번 국도를 건너니 자동차 정비소와 식당들이 눈에 들어온다. 버스와 마을 사람들이 오간다. 걷는 동안 마주치지 못한 사람들을 이곳에서 한꺼번에 보는 것 같다. 운봉초등학교 네거리에 가니 아이들이 학교를 마치고 집으로 돌아가는지 시끌시끌하다. 아이스크림을 입에 물고 재잘거리는 녀석들, 학교 운동장에선 축구 하는 아이들로 북적인다.

발걸음을 이어 운봉읍의 중심으로 들어가니 길 양옆으로 식당, 이발소, 미용실, 농기구 상점 등이 정겹게 줄지어 있다. 도시에서 찾아볼 수 없는 옛 모습을 가지고 있는 거리다. 어디선가 고소한 음식 냄새가 내 허기를 부추긴다. 그렇지 않아도 오늘의 긴 여정을 마무리할 민박을 찾느라 동네 골목골목 이곳저곳을 유심히 쳐다본다. 하지만, 딱히 눈에 띄는 민박이 보이지 않고 어딜 들

지난 번 2월에 왔던 행정마을 민박에 왔다.
그런데 주인 아주머니 께서
우리집 컴퓨터가 안 되는데 혹시 고쳐줄 수 있겠어요?
아니 저기 제가 컴퓨터는 할 줄 알아도 고칠줄은 몰라서...
그냥 한번 봐 줘요...
꾹.
일단 켜보기나 하자.
뿅 뿅 뿅
켜지기는 하는데...
Reboot 어쩌고 저쩌고만 뜨고 더이상 움직이질 않는다...
그래서 친구에게 전화를 했다.
야. Reboot 어쩌고 저쩌고 하는데 이거 뭐가 문제냐?
그거 윈도우 오피스가 어데 안 깔렸든지 하드디스크가 안 껴져 있는거야.

그래서 하드디스크를 확인했다
일단 뚜껑 뜯고
뭔가 연결이 되어있는데…
그러고서 살짝 옆을 보니.
뭔가 빠져 있었드랬다.
아마도 이걸 끼우면 될것같은
예감이 들었다.
그래서 과감하게
끼웠드랬는데
띠용
잠자던 컴퓨터가 움직이기
시작했다.
그기 뭐이가
잘못 됐어요
그러니까 그게
별거 아니었습니다.
선하나가 빠져
있어서 제가 그걸
힘차게 꽂았더니…
아게
이제야
되는구만
서울에 제 친구가
컴퓨터 잘하는 놈이
있는데 글쎄
이렇게 이렇게
해보라고 하더
군요 그래서
이걸…
그러니까…
민박비를 좀
깎아주시면
좋겠다.
이기
서울까지
보내서 고칠건데

어가 짐을 풀기엔 좀 이른 시간이다 싶다. 아직 걸을 기운이 남았는지 발걸음이 멈추질 않는다. 계속 길을 걷다 보니 지난 겨울에 묵었던 행정마을 민박이 생각났다. 내친김에 행정마을까지 걷기로 했다.

종묘장을 지나 제방길을 걷는데 둘레꾼 한 분이 마주 온다. 인사를 나누었다. 주천에서 시작해서 운봉으로 가신다고 한다. 인사를 하고 몇 걸음 걸으니 행정마을이 나온다. 그리고 겨울에 묵었던 솔밭민박이 보인다.

민박집으로 올라가니 아무도 안 계신다. 마침 손자인 듯한 사내아이가 다가온다. 그래서 오늘 하루 묵으려고 하는데 어른 안 계시느냐고 물으니 잠시만 기다리란다. 그리곤 "할머니!" 하고 외치며 어디론가 뛰어간다. 잠시 후, 주인아주머니께서 올라오신다.

"오늘 주무시게?"

"예. 별일 없으셨어요? 저 2월에 친구랑 왔었는데 기억하세요?"

"그러셨어요?"

그러고는 빈방을 안내해 주신다. 전에 친구와 묵었던 그 방에서 다시 하룻밤을 보내게 되었다. 일단 짐을 풀고 욕실로 들어가 시원하게 몸을 씻고 옷을 갈아입었다.

송밭 민박에서 저녁을 먹는데
아주머니께서 물으신다.
미꾸라지 숙회 드실 줄 아나?
아무거나 괜찮습니다.
앗! 한번도 먹어 본 적이 없는…
미꾸라지를 통째로 물에 삶아서
양파랑 계란이랑 양념을 해서
초고추장에 푹 찍어서 상추 쌈이랑 먹는 거다
그냥 이말 가는 그런가 보다 그랬는데
주인아저씨께서 미꾸라지 숙회를 칭송하셨다.
이게 아주 고급 음식이야 추어탕집 가면 4~5만씩 하지.
그러니까 보신탕 집에 가서 수육 먹는 거랑 같은 거지
이 말에 미꾸라지 숙회의 위상을 알게 됐다!

컴퓨터에 앉아 잠시 인터넷 검색을 하고 있으니 아주머니께서 저녁상을 내오신다. 상 가운데 저녁 메인 메뉴인 듯한 음식이 김을 모락모락 내며 주인을 기다린다.

정성을 다해 먹었다. 이곳에 오면 메뉴 결정권이 나에게 없다. 늘 드시는 저녁상에 내 숟가락 하나 더 올리는 게 전부다. 하지만, 잠시 가족이 된 듯한 그 기분이 정겹다. 시골 친척 집에 가본 경험이 없는 나로서는 숙박비를 낸 그 이상의 과분한 즐거움이기도 하다.

식사하면서 주인아저씨께서 말씀을 잇는다.

"뭐 하시는 분이쇼?"

"그림 그리는 일 합니다. 만화 그립니다."

"아, 어디 가면 볼 수 있습니까? "

"책이 한 권 나오기는 했는데 유명하지 않아서 찾아보기 쉽지 않습니다."

쑥스러운 웃음이 나온다. 저녁상을 물리고 나니 아저씨께서 혹시 그림 그린 것 있으면 보여줄 수 있겠냐고 하신다. 잠시 망설이다가 둘레길을 다니면서 그렸던 스케치를 보여 드렸다. 아주 조심스럽게 들고 한 장 한 장 신중하게 넘기신다. 그리고 아는 곳이 나올 때마다 즐거워하시며 이야기를 건네신다. 그러다 벗어놓은 신발을 그린 그림을 보더니 그러신다.

"아, 이 신발 한번 신어보고 싶네."

내겐 어디서도 들어보지 못한 극찬이다. 그리고 스케치북을 덮으시면서 떠나기 전 꼭 방명록에 그림 하나 남기고 가라 하신다.

밤이 깊어 간다. 피로도 몰려온다. 볼품없는 그림으로 남을까 걱정이 됐지만, 아침에 일어나 그릴 시간이 없을 것 같아 잠이 들기 전 조금 남은 힘으로 방명록에 그림을 그린다. 정겨운 저녁상자리를 기억에 담아두고 싶었다. 어디서도 맛볼 수 없는 미꾸라지 숙회와 아저씨 아주머니와 함께한 운봉에서의 저녁. 그 그림을 끝으로 그날 쓸 힘을 다 쏟아낸 듯 이불에 쓰러져 깊은 잠이 들었다.

서울로 돌아오고 몇 달이 지났다. 집으로 돌아오는 길에 모르는 전화 한 통이 온다. 그냥 받지 않을까 하다가 혹시나 하는 마음으로 받으니 오래된 목소리가 들린다.

"고 선생, 나 운봉의 아무개요. 잘 지내시나 해서 전화했소."

별일 없이 걸려온 주인아저씨의 전화는 지리산 둘레길의 애프터서비스다.

길은 그동안 내가 보지 못한 내 자리를 보게 한다. 난 전진하지만 날 잠시 멈추게 해준다. 소박한 길의 가난한 나의 걸음은 더 많은 것을 버려야 많은 것을 담을 수 있다고 말해준다.

생각지 못한 내 능력을 알게 하고 처음 먹는 귀한 음식을 기꺼이 내어주고 부족한 그림쟁이에게 극찬을 아끼지 않는다. 내가 이 길을 다시 찾는 이유이자 그동안 발견하지 못한 희망이기도 하다.

3

나를 들려주는 길

인월-금계 구간

월명마을
중군마을
황매암
수성대
당산소나무
배너미재
장항마을
장항
쉼터
매동마을
상황마을
60
실상사

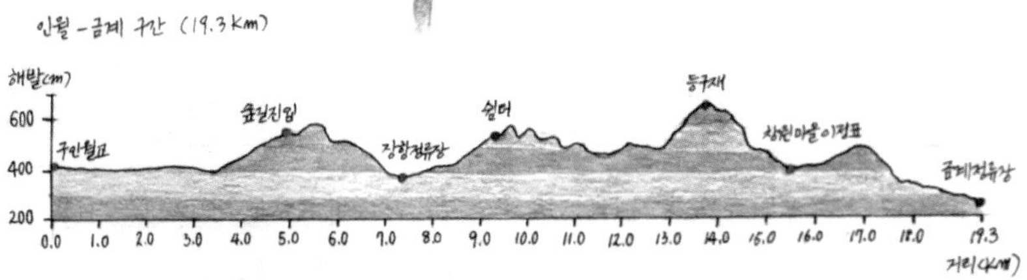
인월-금계 구간 (19.3Km)
해발(m)
600
400
200
구인월교
장항정류장
쉼터
등구재
창원마을 이정표
금계정류장
0.0
1.0
2.0
3.0
4.0
5.0
6.0
7.0
8.0
9.0
10.0
11.0
12.0
13.0
14.0
15.0
16.0
17.0
18.0
19.3
거리(Km)

■ 인월-금계 구간 미리보기

전라북도 남원시 인월면 월평마을에서 경상남도 함양군 마천면 금계마을을 잇는 **19.3킬로미터**의 길로, **8시간 이상**이 소요된다. 지리산 둘레길 5개 구간 중 가장 긴 구간이자 가장 다양한 변화를 경험할 수 있는 구간이다. 경유지는 **인월면 지리산길 안내센터-구인월교-월평마을-중군마을-황매암-수성대-배너미재-장항마을-매동마을-상황마을-등구재-창원마을-금계마을**을 지난다.

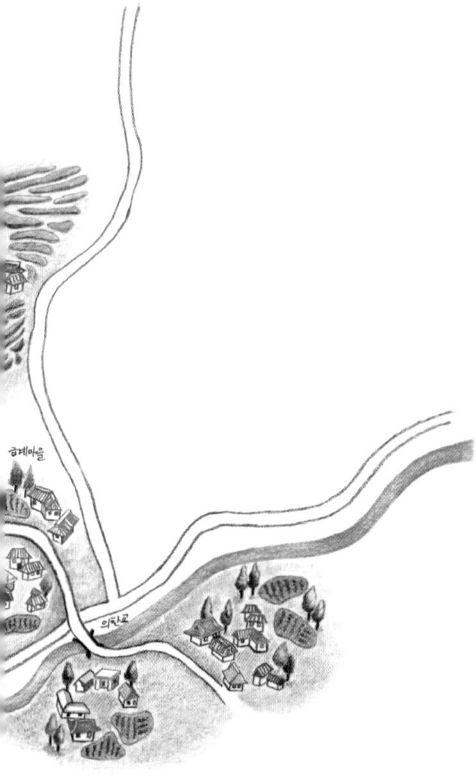

인월버스터미널 부근에 지리산길 안내센터가 있다. 지리산 둘레길 걷기를 처음 시작할 때 인월을 출발지로 선택하면 지리산길 안내센터에서 여러 가지 정보를 얻을 수 있다. 동서울터미널에서 인월 가는 버스를 타거나, 남원시외버스터미널에서 내려 건너편 시외버스를 타고 인월로 들어온다. 함양 가는 버스를 탔다면 함양시외버스터미널 건너편에서 인월행 버스를 타면 된다. 인월에서는 서쪽인 운봉 주천 방면으로 가거나 동쪽인 금계 동강 수철 방면을 선택할 수 있다. 현재 개방된 지리산 둘레길의 가장 서쪽인 주천에서부터 걷기를 시작하고 싶다면 남원시외버스터미널 건너편에서 주천 가는 버스를 탄다.

지리산 둘레길 소개나 민박집 주인의 추천에서 꼭 빠지지 않는 것이 **인월장**(매달 3, 8일)이다. 인월장은 함양장, 운봉장, 마천장에서 팔리고 남은 것들을 모아여는 장이라 규모도 제법 크고 값도 싸다.

인월-금계 구간은 제방길, 임도, 숲길, 다랭이논, 계곡, 고갯길, 농로 등 여러 환경을 체험하며 걸을 수 있다. 산내면 상황마을과 함양군 마천면 창원마을을 잇는 옛 고갯길 등구재를 중심으로 지리산 주능선을 볼 수 있고 넓게 펼쳐진 **다랭이논**이 장관을 이룬다.

이 구간이 '지리산숲길 시범 구간' 개통지였던 터라 대부분의 마을에서 **민박**을 운영하고 있다. 지리산 둘레길을 찾는 방문객들에게 인기 있는 구간이기도 해 곳곳에 마을 주민이 운영하는 **쉼터**가 있다. 혹시 식사를 준비하지 않았더라도 큰 불편함이 없을 것이다.

출발지인 인월면에서 터미널, 안내센터의 **화장실**을 이용할 수 있고 중군마을회관 등에 공중 화장실이 있다. 매동마을을 떠나 숲길 구간과 농로, 임도가 번갈아 나오는데 등구재 구간까지는 화장실 이용이 다소 불편할 수 있으니 마을을 만날 때 잘 활용하길 바란다.

지리산길 안내센터에서 만나요

스케치북을 들고 동서울발 인월행 버스에 몸을 싣는다. 평일 오전인데도 좌석이 꽉 찼다. 지리산 둘레길이 개방되고 최근에 볼 수 있는 모습이다. 평일 오전이면 두 좌석을 다 차지하고 건너편 좌석에 가방을 올려놓아도 자리가 남았는데 이제 옛일이다. 여유 있게 가는 특권을 빼앗겼다는 서운함과 동시에 걷기에 대한 사람

인월버스터미널은 지리산 둘레길 여행의 요충지다.

들의 열망을 느낄 수 있다.

인월 가는 버스는 죽암휴게소에서 잠깐 휴식을 취했다가 출발한 지 세 시간 반쯤이 되자 함양시외버스터미널에 도착한다. 함양군은 남원시, 산청군, 구례군, 하동군과 함께 지리산 권역의 한 부분을 담당한다. 지리산길 안내센터가 있는 남원시 인월면은 사실 함양군과 더 가깝다. 그래선지 걷기 순례를 하다 만나는 주민 사투리가 마치 강원도 사투리처럼 들린다.

함양에서 잠깐 정차한 버스는 다시 인월을 향해 출발한다. 약 2,30분 후에 인월버스터미널에 도착한다. 인월면은 생각보다 크다. 버스터미널을 중심으로 마트, 상점, 식당, 미용실 등 오가는 사람도 많고 지나는 차도 많다. 터미널 앞에는 택시들이 늘 손님을 기다리고 있다. 가까운 산내면이나 마천면과 비교해 보면 왕

인월면에 있는 지리산길 안내센터. 정보 없이 왔다면 꼭 들를 것.

지리산길 안내센터

래가 잦은 길목임을 알 수 있다.

지리산길 안내센터에 들렀을 때는 오후였는데 몇몇 사람들이 구간에 대한 정보나 민박 정보, 교통편 등을 문의하려 기다리고 있었다. 안내센터는 딱딱한 관공서 건물이 아닌 숲길 안내센터에 어울릴 만한 외형을 가지고 있다. 문을 열고 안으로 들어가니 안내센터 직원이 방문자의 질문에 성심성의껏 답변하고 있는 모습이 보였다. 안에는 여러 가지 식물과 곤충 표본 등이 전시되어 있고 안내데스크와 의자, 바닥이 나무로 꾸며져 있다. 두부를 한 수저 뜬 것처럼 통나무를 파 만든 의자가 내 시선을 사로잡았다.

문밖에는 지리산 둘레길 안내 홍보물이 있었다. 홍보물에는 지도와 구간에 대한 대략적 설명, 마을 이름과 버스 시간, 걷기 준비물과 도보여행자가 지켜야 할 몇 가지 약속들이 적혀 있다. 그리고 각 마을 민박 정보가 나와 있다. 사전에 충분히 정보를 알아보지 못했다면 안내센터를 이용하는 게 좋다.

안내센터를 스케치하고 안으로 들어갔다. 그때 마침 어떤 모녀가 직원과 상의하고 있다. 모녀의 다정한 모습이 보기 좋아 스케치하면서 그쪽 대화에 귀를 기울였다.

"어느 구간으로 가시려고요?"

"금계 쪽으로요."

"지금 출발하시면 금계까지 갈 수 없는데……. 혹시 민박은 잡으셨어요?"

"아, 매동에서 민박하려구요."

"그럼 오늘은 매동까지 가시고 내일 매동에서 출발해 느린 걸음으로 가시면 대여섯 시간 걸리니까 오후에 도착하시겠네요."

"그럼 한두 시간만 걷고 나머지는 버스 타고 가면 되겠네."

"여긴 버스를 탈 수가 없습니다. 숲 속이라고 생각하시면 돼요. 일부러 걸으러 오셨는데."

"힘들까 봐. 두 시간 이상 걸을 수 있을까? 우리가 4시에 출발하는 버스를 예매했거든요."

"4시 버스면 애매하네요. 기왕 멀리서 오셨는데 버스 시간을 늦추시는 건 어떠세요?"

걷기 여행을 온 두 모녀는 될 수 있으면 적게 걸을 방법을 계속 찾고 안내센터 직원은 그런 모녀를 걷게 할 방법을 찾는데 열과 성을 다하는 모습이다.

지리산 둘레길을 경험해 보지 않은 이에게 소요시간과 길의 상황을 설명하기란 쉽지 않다. 지리산 둘레길을 '지리산숲길'이라고도 부르는 이유는 아마 둘레길이 높낮이가 전혀 없는 평지라 생각하고 방문하는 여행자들이 많아서 그런 게 아닐까. 지리산 둘레길에서 마주할 예상치 못한 상황과 가능성에 마음을 크게 열어두는 것이 즐기면서 걸을 수 있는 좋은 방법이다.

어쨌든 지리산은 지리 '산'이니까.

주인 없는 집의 민박 사용설명서

안내센터를 나와 원불교유치원 방향으로 조금만 가면 구인월교가 나온다. 구인월교를 건너면 여기서부터 본격적인 지리산 둘레길의 시작이다. 왼쪽 둑길을 따라가면 금계 방면이고 오른쪽 월평마을로 가면 운봉 방면으로 가게 된다. 금계 방면을 가리키는

이정표를 보고 둑길을 따라 걷는다. 보통 등산을 좋아하시는 중년 분들이 많지만 2,30대 여자 분들도 눈에 많이 띈다. 두셋이 짝을 지어오거나 혹은 혼자 오는 분도 있다. 햇볕에 얼굴이 타지 않게 하나같이 챙이 큰 모자를 쓰고 수건을 두른 모습이 재밌다.

둑길의 운치를 즐기며 걷다 보니 풀로 가득한 개천에 누런 소들이 풀을 뜯으며 눈을 깜빡인다. 나 같은 서울 촌놈에겐 생소한 광경이라 한참을 바라본다. 작은놈 큰놈 일어선 놈 앉은 놈 풀을 뜯는 놈. 물을 마시기도 하고 졸기도 한다. 이곳 분들 말씀으론 여름에 이렇게 소를 풀어놨다가 갑자기 쏟아진 폭우에 물이 불어나 소가 갇힌 적이 있다고 한다. 119 소방대가 출동해 폭우 속에서

소를 끌어내는 소동이 벌어지기도 했단다.

오른편엔 논과 밭이 잘 정돈되어 있다. 초여름 넓은 무논엔 모내기한 지 얼마 되지 않은 키 작은 모들이 줄 서 있다. 벼들은 몇 주 후 다시 찾을 때마다 놀라운 속도로 자라 있었다. 논의 물에서 올챙이들이 신나게 헤엄친다.

감자밭에 감자꽃이 피었다. 내가 갔을 때쯤 감자 수확이 한창이었다. 함양에서 인월로 들어오는 버스 안에서 한 할머니가 감자를 캐야 하는데 비가 올까 걱정이라고 말씀하셨다. 캐 놓은 감자가 비를 맞으면 팔 수 없다고 한다. 감자는 수확하기가 까다롭다. 캘 때 비를 맞지 말아야 하고 캔 감자는 한두 시간 밭 위에 놓고 말려야 한단다. 이때 비라도 맞으면 감자농사를 망친다. 비라고 농사에 다 좋은 건 아니었다. 홀로 감자 캐실 할머니 생각에 당분간은 비가 안 왔으면 하는 바람이 들었다.

한낮의 논에 아무도 보이지 않는다. 농촌에선 무더운 한낮에 일하지 않는다. 넓은 논에 농부 한 분이 허리를 숙여 피를 뽑을 뿐이다. 가끔 길 가까이서 일하시는 분이 보이면 인사를 한다. 그때서야 허리를 펴고 인사를 받아 주신다.

둑을 따라 30여 분 걸으면 첫 마을과 만난다. 중군마을이다. 동네 분들은 중군동이라고도 한다. 옛날 군대 편성에 전군, 중군, 후군, 선봉대가 있었는데, 임진왜란 때 중군이 주둔해서 중군마

을이 되었다고 한다. 마을에 들어서면 하얀 담에 예쁘게 그려진 벽화가 눈에 띈다. 어느 시골 마을이나 비슷하지만, 이곳 역시 조용하다.

한낮 조용한 농촌 마을 집들은 대문이 열려 있다. 도시에서 아무도 없는 아파트 현관을 활짝 열어 둔다면 이상한 일이다. 날 감시하는 CCTV 대신 가끔 심심한 강아지들이 지켜볼 뿐이다. 아파트에 사는 난 가끔 건너편 동을 보며 모두가 같은 모양의 집에 살고 있다는 걸 새삼 느끼곤 한다. 같은 위치에 텔레비전을 놓고 같은 위치에 소파와 식탁을 놓으며 비슷한 자세로 텔레비전을 본다.

지리산 둘레길을 걸으며 매료되는 것 중에는 시골 마을의 집도 있다. 하나도 같은 모양의 집이 없다. 낡아 보이지만, 집주인이

중문마을.

오랜 시간 필요에 의해 쌓고 채우고 늘려나간 흔적들이 고스란히 남아 독특한 운치를 만들어 낸다. 다양하고 변화 많은 집의 선은 걸음을 멈추고 스케치북에 담아달라 말을 건다. 특히 담이 가진 여백과 기와지붕이 가진 오밀조밀함이 좋다. 그것들을 종이에 옮길 때마다 희열을 느낀다. 정감 어린 돌담의 돌 하나하나를 오랜 시간 그리는 것도 수고가 아닌 즐거운 놀이다.

지리산 둘레길에 사람들의 왕래가 잦아지니 민박을 하는 집이 늘었고 민박을 광고하는 표지판도 많이 보인다. 이른 아침 분주하게 움직여 오전에 출발하는 버스를 타더라도 인월터미널엔 오후에 도착한다. 혹 굼뜨게 움직이다 대낮에 버스를 타게 되면 인월 근처에서 하룻밤을 보내고 아침 일찍 일정을 시작하는 일이 종종 있다.

한번은 지인의 소개로 중군마을에서 민박을 하기로 했다. 동서울터미널에서 출발하기 전 예약 전화를 걸었다.

"도토리민박이죠?"

"네, 맞습니다."

"예, 오늘 민박을 하려고 전화드렸습니다."

"아, 그러세요! 근데 어쩌죠? 제가 오늘 나가서 내일 오후에나 오는데요."

"그럼 안 되겠네요."

"음, 그럼 그냥 주무시고 가세요. 방문 열어 놓을 테니까요."

"그...그렇게까지 하실 필요는 없는데."

"괜찮습니다."

주인도 없는 집에서 하루를 묵게 되었다. 오후 다섯 시쯤 인월에 도착해 저녁을 해결한 후 중군마을 주인 없는 민박에 들어섰다. 마당엔 작은 돌들이 깔려 잘그락 소리를 내고 땔감용 나무들이 가로세로로 차곡차곡 쌓여 있다. 툇마루에 앉아 짐을 푸는데 꼼꼼한 글자들로 채워진 누런 종이가 보인다.

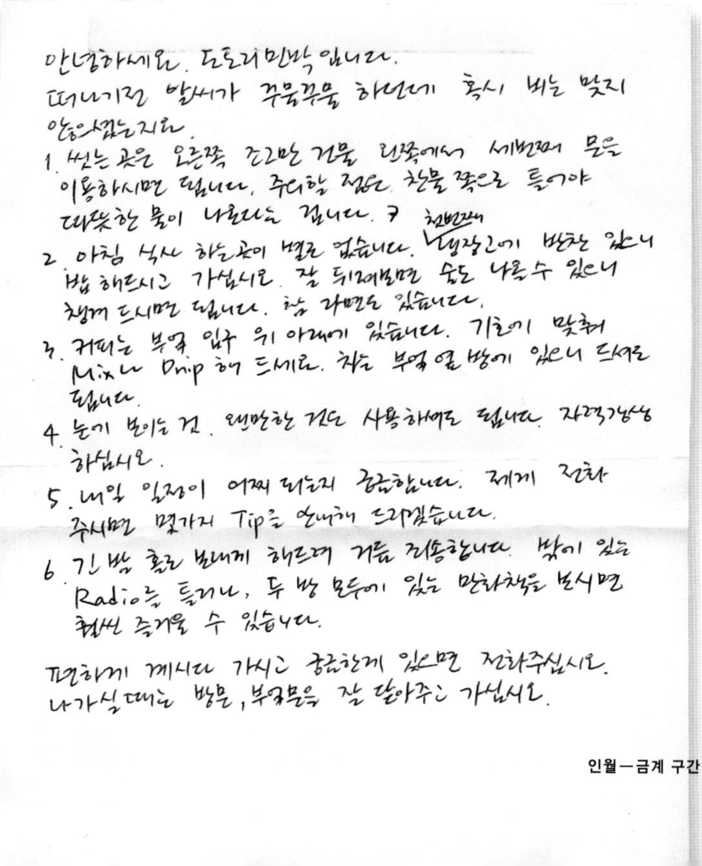
안녕하세요. 도토리민박입니다.
떠나기전 날씨가 꾸물꾸물 하던데 혹시 비는 맞지 않으셨는지요.

1. 씻는 곳은 오른쪽 조그만 건물 왼쪽에서 세번째 문을 이용하시면 됩니다. 주의할 점은 찬물 쪽으로 틀어야 따뜻한 물이 나온다는 겁니다. ㅋ
2. 아침 식사 하실 곳이 별로 없습니다. 첫번째 냉장고에 반찬 있으니 밥 해드시고 가십시오. 잘 뒤져보면 술도 나올수 있으니 챙겨 드시면 됩니다. 참 라면도 있습니다.
3. 커피는 부엌 입구 위 아래에 있습니다. 기호에 맞춰 Mix나 Drip 해 드세요. 차는 부엌 옆 방에 있으니 드셔도 됩니다.
4. 눈에 보이는 건, 웬만한 것도 사용하셔도 됩니다. 자력갱생 하십시오.
5. 내일 일정이 어찌 되는지 궁금합니다. 제게 전화 주시면 몇가지 Tip을 안내해 드리겠습니다.
6. 긴 밤 홀로 보내게 해드려 거듭 죄송합니다. 밖에 있는 Radio를 틀거나, 두 방 모두에 있는 만화책을 보시면 훨씬 즐거울 수 있습니다.

편하게 계시다 가시고 궁금한게 있으면 전화주십시오.
나가실때는 방문, 부엌문을 잘 닫아주고 가십시오.

'안녕하세요. 도토리민박입니다. 떠나기 전 날씨가 꾸물꾸물 하던데 혹시 비는 맞지 않으셨는지요.' 라고 시작하는 민박 사용 설명서를 친절하게 적어 놓고 가셨다.

짐을 풀고 나니 해가 산 너머 어디론가 사라지고 어둠이 깔린다. 아무도 없는 덩그런 민박집에서 혼자서 할 거리를 찾아 나섰다. 텔레비전을 보려고 하니 먹통이다. 전원을 아무리 눌러도 대답이 없다. 이리저리 방안을 둘러보니 뭔가 숨어 있을 만한 구석이라곤 없는 무척 간소한 방이다. 부엌으로 안테나를 돌렸다. 마침 컴퓨터가 눈에 들어온다. 익숙한 손놀림으로 전원 스위치를 눌렀지만, 바깥세상과 연결되는 인터넷 선을 찾는 데는 실패하고 말았다. 포기하고 돌아서는데 커다란 냉장고 두 대가 보인다. 문을 여니 맥주 캔도 몇 개 눈에 띈다. 동무도 없이 혼자 맥주 캔을 따자니 왠지 쓸쓸한 느낌이 든다. 식탁에 있던 라디오를 벗 삼아 한잔할까도 생각했지만, 용기가 나질 않는다.

둘레길을 찾은 이유가 사람들과의 거리가 필요했고 고요함이 절실했기 때문이었는데 막상 이런 고요함에 안절부절못하는 자신을 만나니 실소가 나온다.

다음 날 아침, 중군마을을 거쳐 장항마을로 넘어간다. 이 길은 매동에서 금계까지 가는 길의 미리 보기쯤 되지 않을까 한다. 오르막과 내리막이 뒤섞여 있고 마을과 숲길을 거쳐야 한다.

모두 일하러 나가셨는지 마을은 고요하다. 여느 농촌 마을처럼 마늘이며 옥수수가 처마 밑에 걸려 있고 강아지들이 빈집을 지킨다. 강아지들도 마을을 닮아선지 인기척에 쓱 한 번 쳐다보거나 "멍" 소리 한 번 내고는 다시 자리에 눕는다.

집들을 지나면 길옆 비탈면에 논과 밭이 자리 잡고 있다. 그제야 사람의 모습이 보인다. 밭에서 허리를 90도로 구부린 채 호미질을 하는 아주머니나 커다란 논에서 홀로 잡초를 뽑는 아저씨의 모습이 눈에 띈다.

함양과 인월, 산내 등 지리산 둘레길이 통과하는 마을은 마늘, 양파, 감자 농사를 많이 짓는다. 초여름 지리산 자락 마을에 수확한 양파와 마늘이 종종 보인다.

밭일 하시는 아주머니께 인사를 드리며 대화를 시작했다. 아주머니의 화제는 자식 이야기로 넘어간다. 자식 몇이 있는데 다들 시집 장가가서 서울 산다는 얘기부터 어느 대학 나와서 지금은 뭘 하며 살고 손자가 몇이 된다는 얘기까지. 6,70대 노인이 대부분인 농촌엔 젊은 사람들은 외지에 나가고 노부부나 혼자 사는 분이 많다. 평생 자식들 뒷바라지하며 허리를 구부리고 땅을 일구며 사셨는데 자녀 나이 또래의 젊은이를 보니 자식 생각이 나시나 보다.

자식들 이야기를 하시다 보면 대개 '나이가 몇이냐, 결혼은 했느냐'는 질문으로 옮겨간다. 30대 중반에 결혼도 안 한 총각이라고 하면 당신의 자식처럼 걱정이 많아진다. 그래서 가끔은 본의 아니게 없는 아이도 만들고 여우 같은 마누라도 만든다. 혼자 가는 여행을 말없이 보내주는 이해심 많은 부인으로.

중군마을을 지나면 얼마 지나지 않아 황매암과 백련사로 갈라지는 갈림길을 만난다. 이곳에서 어느 길로 가야 더 지리산 둘레길다울까 고민한다. 숲길인 황매암 쪽은 잠시 오르막을 올라야 하고 백련사 쪽은 포장된 길이다. 처음엔 숲의 정취를 느끼려고

백련사 가는 길은 임도다.
그래서 사람들이 항매암 쪽
숲길을 선호한다.
덕분에 여기는 사람 만나기
쉽지 않다.

황매암 쪽으로 많이 올라가지만, 포장이 잘된 백련사 길이라고 그보다 못하지는 않다. 황매암 길도 백련사 길도 방문객을 나누어 받아들이진 않는다. 갈림길 앞에서 마음에 들리는 소리에 잠시 귀를 기울여 본다. 그리고 고요함 속에서 들리는 소리를 따라가보는 건 어떨까.

배너미재에서
지리산을 추억하다

황매암 쪽 길은 작은 돌계단, 개울을 건너는 작은 다리, 좁은 오솔길과 만난다. 수성대 쉼터에 가까워질 때쯤 마을 주민이 운영하는 쉼터와도 만나는데 처음엔 무척 당황했다. 쉼터라고 하지만 동네 분들이 매실차나 막걸리, 간단한 먹을거리를 파는 곳이다.

배너미재

예상은 했지만, 둘레길이 만들어진 시간치고는 참 빨리도 생긴 가게라 혹시라도 숲길이 훼손될까 걱정도 했다. 하지만, 무더위에 물이 다 떨어져 갈 때쯤 만나는 쉼터는 사막의 오아시스다.

서울에서 지리산 둘레길로 가려 지하철을 타고 버스터미널을 지나면 사람의 왕래가 잦은 그곳이 곧 삶의 터전인 많은 사람을 마주한다. 산에서 캔 더덕을 파는 노인부터 만 원에 몇 장씩 떨이로 양말이며 속옷을 파는 사람들. 수없이 많은 사람이 길에 의지해 산다. 하물며 사람의 왕래가 잦아진 둘레길이 그 삶의 간단한 이치에서 벗어나길 바라는 것은 욕심이라는 생각도 들었다.

황매암을 거치든 백련사 쪽 길을 택해 오든 수성대 지점에서 만나게 된다. 수성대를 지나면 장항마을로 내려가기 전 배너미재에서 서어나무와 만난다. 서어나무가 이곳에서 한 번 숨을 고르

서어나무 앞에서 숨 고르기.

수성대 쉼터에서 컵라면 하나 먹었다
아주머니 농사도 지으세요?
마늘 농사지어요.
자제분들은 다 출가 하셨어요?
아들 둘에 딸 하나 있는데 다들 결혼해서 손자 손녀 낳고 살지.
나도 점심이나 먹어야 겠다.
안녕하세요
아까 황매암 백련사 갈림길 에서 만난 여학생들 이군요

고 다시 길을 떠나라고 말하는 듯하다. 잠시 땀을 식힐 겸 스케치도 할 겸 의자를 펴서 앉으니 장항마을로 넘어가는 분들을 심심치 않게 만난다.

방학이라 그런지 대학생으로 보이는 20대 청년들이 많다. 장항마을로 넘어간다는 청년 하나가 인사를 건네고는 잠시 서어나무 그늘에서 휴식을 취한다. 내 그림에 관심을 보인다. 그러더니 혹시 운봉 어느 민박에 머물지 않았냐고 묻는다. 그렇다고 하니 주인아저씨로부터 이야기 들었다며 반가워한다. 재밌는 인연을 만났다.

초코바를 하나 건네준다. 군 제대 후 복학했다가 방학이 되어 혼자 지리산 둘레길을 걷기로 마음먹었단다. 마지막 학기가 남았고 이제 취업 준비를 해야 하니 당분간은 홀가분한 마음으로 여행하기 어려울 것 같아 큰마음을 먹었다고 했다.

'얼마나 불안한 마음일까' 하는 생각이 들었다. 초중고 12년 동안 대학에, 그것도 좋은 대학에 가야 한다고 생각하니 불안하고, 군 복무를 해야 하니 불안하고, 대학 졸업 후 좋은 직장에 들어가지 못할까 불안할 거다. 그 기나긴 터널을 언제쯤 벗어날 수 있을지 기약이 없다. 그런 젊은이들이 지리산으로 이끌림은 예나 지금이나 변함없는 것 같다. 마음에 잠시 쉼표를 주는 이곳은 그에게나 나에게나 다를 것이 없다.

잠시 옛 생각이 들었다. 대학을 다니며 학생운동을 했던 나는 보통 친구들이 아르바이트를 하거나 여행을 하듯 현실적인 혹은 낭만적인 방학을 보낼 수 없었다. 지리산 종주를 하고 온 친구들의 여행담이 항상 부러움의 대상이었다. 후일 대학 때의 전력으로 잠깐 구속되었는데, 함께 고초를 겪은 단짝 동기와 손을 잡

배너미재
에서 쉬면서
그림을 그리고
있었는데.
대학생으로 보이는
청년이 오고 있었다.
여느때처럼.
안녕하
세요
어디서
시작하셨
어요?
어제 주천에서
시작해서
운봉에서
민박하고
오늘 아침에
출발해서
매동가는
길이에요
운봉에서 민박했으면
솔밭민박에서
주무셨어요?
아! 네.
그럼 혹시
민박집에
그림 남기고
가신 분이세요?
말씀하신던가요?
아저씨 칭찬이
대단하시던데요.

주섬 주섬
초코바를 하나 건네 주었다.
이거 하나 드세요
저는 대학생인데 다음학기부터 취업준비 해야해서
취업준비하기 전에 지리산길 가보려고 왔어요. 나중엔 시간내기 힘들거 같아서 …
근데 이것도 인연인데 같이 기념 사진 한장 같이 찍으실래요?
아…. 그럴까요?
치즈—
그리고 자리를 일어나서 장항마을로 내려가는데.
그냥가기 아쉬운데…
막걸리나 한잔 하실래요
그러죠 뭐…

으며 굳게 약속했다. 그곳을 나오면 여행을 가자고. 10여 년 전 여름, 둘은 지리산 종주를 하게 됐다. 머릿속에 '민족의 영산, 빨치산의 정신' 같은 것들을 가득 담고 올라갔지만 그런 비장한 정신세계는 우리와 거리가 멀었다. 갈림길이 나오면 어느 길로 갈 건지를 두고 싸우기 바빴다.

요즘도 가끔 그때 기억을 떠올리면서 "다시 지리산을 찾게 되면 이제는 좀 여유 있게 가자"고 말하지만, 이제 친구는 쉽게 시간을 낼 수 없는 한 집의 가장이 되어버렸다. 언제가 될지 몰라도 둘이 꼭 다시 가고 싶다. 지리산 둘레길이든 지리산 종주든 우리가 얼마나 성장했는지 확인하고 싶다.

대학생 친구와 이런저런 이야기를 나누다 보니 한 시간 이상 지난 듯하다. 짐을 다시 짊어지고 배너미재를 내려왔다. 장항마

지리산 둘레길을 걷다 보면 이런 표지판을 자주 만나게 된다.

을이 보이기 시작한다. 밭주인이 써놓은 나무 표지판 하나가 눈에 띈다.

'꼬사리 밭에 드러가지 마세요.'

마음이 길을 잃지 않도록
– 장항마을 / 매동마을

장항마을 당산나무를 지나 장항마을 쉼터까지 내려오니 예전에 이곳에서 길을 잃고 한참을 헤맸던 기억이 난다.

겨울이 시작되는 12월 초였다. 매동에 있는 지인의 집에서 하루를 묵고 나니 지리산 둘레길을 걸어보고 싶은 생각이 들었다. 지인은 가볍게 매동에서 장항마을을 거쳐 인월로 가라고 조언했다. 혼자 걷다가 길이라도 잃으면 어쩌냐고 했더니 길을 잃을 만큼 어려운 길이 아니니 걱정하지 말라고 했다.

혼자 걷는 첫길이자 인적이 드문 초겨울의 둘레길. 입에서 김이 폴폴 올라오고 구름 한 점 없는 신선한 겨울 공기가 가슴 속으로 들어왔다. 장항마을 버스 정류장에서 길을 건너 다리를 건널 때까지만 해도 유난히 발걸음이 가벼웠다. 5분 정도 걸어 장항마을 쉼터에 올라서니 왼쪽으로 표지목이 보였다. 거기서 잠깐 머뭇거렸다. 화살표 방향을 보니 길이 두 개인데 왼쪽엔 마을이 보였고 오른쪽으론 논밭을 향하는 포장길이 보였다. 초행이었던 나는 잠시 고민하고는 당연히 마을 쪽으로 둘레길이 있을 거라 결론지었다.

마을로 들어섰다. 아무도 보이지 않았다. 모든 것이 정지된 것 같았다. 마을 사람들이 휴거라도 됐나 싶었지만 길을 의심하진 않았다. 마을 뒤로 난 길을 따라 올라가니 산길이 나왔다. 생각보다 둘레길은 가팔랐다. 길이 아닌 듯한 길도 나오고 길 가운데 나무가 넘어져 있기도 했다. 경사는 점점 급해졌고 길의 흔적이 희미하게 사라져 갔다. 주위를 둘러봐도 표지목은 보이지 않았다. 슬슬 불안해지기 시작했다. 너무 힘차게 걸은 탓인지 초겨울 두꺼운 겉옷도 땀에 젖었다. 잠시 쉬면서 생각해보기로 하고 앉을 만한 곳을 골라 쉬는데 산 아래로 시작 지점인 장항교가 보인다.

'계속 이 길로 가야 하나? 아무래도 길을 잃은 것 같은데 되돌아갈까? 그래, 지금이라도 내려가는 게 빠른 길일 거야.'

올라오느라 한 시간 걸렸는데……. 하지만 길을 찾을 수만 있다면 지불해도 아깝지 않은 시간이었다. 지팡이로 쓸 만한 나뭇가지 하나를 주웠다. 왔던 길을 다시 내려갔다. 내려가는 길이 생각보다 빨라 금세 다시 마을로 들어섰다. 마침 어느 집에서 아주머니 한 분이 나오셨다. 둘레길이 어디냐고 여쭈니 잘 모르겠다고 하신다. 다시 길을 가다 할아버지 한 분을 만났다. 둘레길로 가는 방향을 가르쳐 주신다. 작은 대나무 오솔길을 지나니 당산 소나무가 나오고 둘레길로 가는 임도가 나왔다. 길을 보면서 길게 숨을 내쉬었다. 다행의 한숨, 그리고 고마운 한숨.

지리산 둘레길에서 삶의 지혜를 배운다. 내가 모르는 것이 많다는 것, 그리고 모르는 것이 있을 땐 아는 척하지 말고 물어보라는 것. 그전에 내가 천천히 걸을 생각으로 몇 집 문을 두드려 길을 물었다면 두 시간을 허비하진 않았을 것이다. 그래도 그 두 시간의 모험을 통해 엄청난 지혜를 배웠다. 그래서 둘레길을 다시 찾는지도 모르겠다. 이렇게 길을 걸으며 만들었던 기억은 내 가슴속에서 표지목으로 새겨진다. 한가한 초여름 장항마을 쉼터의 오후를 뒤로하고 매동마을로 향했다.

매동마을 입구.

장항교를 건너 큰길을 지나면 감식초 공장으로 올라가는 언덕이 나온다. 이쪽은 매동마을 뒤로 둘러가는 길이다. 그런데 배너미재에서 만난 청년이 “이것도 인연인데 막걸리 한 사발 하지 않겠냐”고 한다. 사실 더 걷고 싶은 마음도 있었는데 누군가와 막걸리 한 사발 하는 것도 흔히 있는 일이 아니라 그러자고 했다. 매동으로 가는 큰길을 따라가다 보니 어느새 매동마을 입구까지 왔다. 청년이 매동마을에 민박을 예약했다며 민박집으로 가자고 한다.

매동에 들어서니 알록달록한 색의 벽화가 눈에 들어온다. 그리고 넓은 주차장과 민박집 이름이 쓰여 있는 이정표도 있다. 이정표를 보며 민박집 이름과 방향을 확인하고 있는데, 할머니 한 분이 두 팔을 활짝 벌리고 우리에게로 다가오신다. 민박집을 찾는 청년 둘이 서성이니 눈에 금방 띄었나 보다.

할머니를 따라 집으로 들어가니 마당에 평상이 보인다. 배낭을 내려놓고 앉자 냉장고에서 막걸리 두 병을 꺼내 놓으시고 전을 부치겠다며 부엌으로 들어가신다. 그 사이 찬물에 몸을 씻고 나니 죽순으로 만든 전 두어 장을 가져다주시고는 등에 농약 통을 짊어지신다. 잠깐 고추밭에 약 치고 올 테니 한잔하고 있으라신다. 주인 없는 집에 손님 둘이 앉아 막걸리 한 잔 두 잔 들어가니 긴장이 풀린다. 낯선 사람과 만나는 긴장감이 사라지니 둘레길을 찾게 된 길고 긴 사연들을 쏟아낸다.

해가 길다. 한참 이야기했는데도 날이 환하다. 두어 시간 지나 돌아오신 할머니가 저녁을 하신다. 저녁을 안 먹어도 될 만큼 배가 부른데 땀을 씻자마자 부엌으로 들어가신다. 갖가지 산나물로 가득한 저녁상이 기다린다. 남기지 말고 싹 다 먹으라고 엄포를 놓으신다.

저녁을 먹다 보니 이런저런 이야기가 오간다. 안채에는 묵고 간 사람들의 이야기가 가득하고 가족사진이 걸려 있다. 할아버지는 십여 년 전에 돌아가셨고 아들딸 모두 장성해서 결혼하고 손자 손녀 낳아 잘살고 있다고 하신다. 둘레길이 생기고 나서 손님들을 맞아 외로움을 달래시는 것 같다. 이야기할 사람들도 생기고 용돈 벌이도 심심치 않다고 하신다. 할머니 혼자서 농사일에 민박 일에 일손이 달려 바쁠 텐데도 즐겁다며 웃으시는 걸 보니 그냥 하는 소리가 아닌 듯했다.

상을 물리고 나니 술기운에 밥 기운에 피곤함에 졸음이 밀려들었다.

매동의 날이 밝았다. 아침을 먹고 짐을 챙기고 다시 길을 나선다. 청년은 오늘 갈 수 있는 데까지 최대한 걸어볼 생각이라고 한다. 나는 지리산길 스케치를 하며 천천히 갈 생각이었다. 같이 출발하지 못할 것 같아 기념사진을 한 장씩 찍고 이메일 주소를 주고받았다. 먼저 떠나는 청년의 뒷모습을 보니 운동화에 반바지, 허름한 배낭에 머리에 질끈 맨 수건이 어설퍼 보이지만 그 어떤 등산 장비를 갖춘 이보다 든든했다. 원하는 게 어떤 것이든 다시 일상으로 돌아갔을 때 어려운 고개에서 힘이 되는 에너지를 얻길 바란다.

혼자가 아니야
혼자여도 괜찮아

매동은 인월-금계 구간이 본격적으로 시작되는 곳이다. 숲길과 논길, 임도가 고루 섞여 있어 다양한 둘레길과 만날 수 있다. 힘에 부칠까 두려움이 앞서지만, 다음에 나와 마주칠 길이 어떤 곳일까 하는 설렘도 함께다.

지리산 둘레길은 마을길이기도 하고 산길, 숲길이기도 하다.

너무 재밌다.
소나무 고개를 오르고
있는데 멀리서
경운기 소리가 들린다.
내 앞으로 지나가는
경운기를 쳐다보니
뒷칸에 타신
할머니가 나한테
손을 흔든다.
즐겁다.

어쨌든 이곳에선 나의 두 발이 아니라면 이곳에서 저곳으로 갈 수 없다. 내 몸이 한 번에 얼마나 걸을 수 있는지 잘 들여다보면 어떤 속도로 가야 하는지 알게 된다. 조금 천천히 그리고 잠깐 쉬어갈 마음의 여유가 있다면 지리산 둘레길은 두려워할 길이 아니다.

내가 이렇게 조용한 곳에 있었던 적이 얼마나 될까? 이렇게 사람과 절대적 거리를 유지해 본 적이 있을까? 둘레꾼이나 마을 사람과의 마주침 없이 한 시간 이상 걷다 보면 나에게 집중하게 된다. 다음 표지목은 언제 나올지, 발을 헛디디지 않으려면 다음 걸음은 어느 곳을 디뎌야 할지, 난 지금 목이 마른지, 배낭의 무게에 내 어깨는 아프지 않은지. 둘레길의 고요함은 심심함이 아니다. 내 마음의 빈 곳이 얼마나 되는지 확인하게 해주고 내 속에서

많은 사람들이 찾는 매동마을 코스엔 그들이 남기고 간 쓰레기가 있다.

울리는 소리를 듣게 해준다.

매동을 출발한 지 얼마 되지 않아 걸음을 멈추고 스케치를 하고 있는데 숲의 정적을 헤치며 뒤에서 경운기 소리가 들려온다. 경운기에 길을 비켜주려 길가로 자리를 옮기니 경운기 뒤에 타고 있던 할머니가 나에게 손을 흔드신다. 나에겐 이런 것들이 텔레비전이나 영화에서 만날 수 없는 리얼한 감동이다. 예상 가능한 뻔한 스토리도 물론 있다. 하루 코스로 알맞아 많은 사람이 찾는 매동마을엔 유독 그들이 버리고 간 쓰레기가 많다.

매동마을을 출발해 포장길을 따라 오르막길에 오르니 31번 표지목과 쉼터가 나온다. 나무 의자에 앉아 잠시 숨을 고르고 나면 이곳부터 다시 숲길이 이어진다. 둘이 나란히 걸으면 꽉 차는 작고 푸근한 숲길이다. 잠시 후 영화 <반지의 제왕>에 등장하는 숲의 정령처럼 생긴 개서어나무 한 그루를 만나게 된다. 나무의 주름이 깊고 굵다. 하늘을 향해 뻗은 모습이 심상치가 않다. 유심히 들여다보면 눈도 있고 코도 있고 입도 있을 것 같다. 누가 일러주지 않아도 꼭 인사하고 지나야 할 마을의 지혜로운 어른 같다. 사람들이 지나는 낮에는 이렇게 자리를 지키고 있지만, 밤이 되면 깨어나 숲이 잘 있는지 둘러보고 다닐지도 모른다. 이 나무를 중심으로 한 공터는 숲의 생명들이 늦은 밤 회의를 여는 장소가 아닐까 상상해 본다. 힘들지 않더라도 그냥 지나치면 아까운 쉼터다.

개서어나무의 위엄 있는 자태에 넋을 잃었다가 다시 길을 걸으면 평평한 숲길이 나오고 그 길옆으로 낮은 돌담과 만난다. 처음엔 이곳에 옛 성이라도 있었나 생각했다. 내 예상과 달리 이곳은 한때 논밭으로 이용된 곳이다. 이런 높은 곳에서 농사를 지었다니 놀랍다. 이곳에서 농사짓기 위해 나무로 우거진 산을 어떻게 개간했으며, 비탈을 평평한 농지로 만들기 위해 쌓은 이 돌들은 어떻게 이곳까지 올렸을까? '사람 손이 떠난 논밭, 묵답'이라고 쓰인 표지판은 박물관 유리 안에 전시된 유물을 보는 것 같았다.

이 동네 나무중
제일 형님인 것 같다.

다시 걸음을 옮긴다. 계속 숲길만 나올 것 같더니 인월–금계 간 38번 표지목이 보인다. 이제 내리막길 포장도로가 나온다.

'주변 농작물은 마을 주민의 소중한 재산이니 절대 손대거나 채취하지 말아 주세요.'

현수막이 있는 걸 보니 마을이 가까워졌나 보다. 둘레길을 걷다 보면 이런 표지판이나 현수막을 심심찮게 볼 수 있다. 우리가 이곳을 찾기 전부터 오랜 세월 살고 지켜온 마을 주민이 있다는 걸 잊으면 안 된다는 메시지이기도 하다.

이제 등구재에 오르기 전까지 논밭 사이를 거쳐야 한다. 높은 곳까지 트럭이나 경운기가 이동할 수 있도록 낸 포장도로와 다랭이논 돌 축대 옆으로 난 비포장길, 그리고 계곡과 다리, 제방길을 만난다. 구불구불 이어진 나무 숲길에선 눈에 잘 띄지 않았던 둘레꾼도 많이 보이고 일하는 마을 주민도 자주 만날 수 있다. 그리고 중군마을에서 장항마을로 넘어오는 길처럼 먹을거리를 파는 쉼터도 많다.

시간은 정오를 향하고 아침부터 해가 뜨겁다. 상황마을로 넘어가는 길에 멈춰 스케치를 했다. 마침 그림을 그려야겠다 생각한 곳이 해를 피할 길이 없었다. 임시로 모자 위에 수건을 둘러 해를 가리고 스케치를 시작했다. 챙이 넓은 밀짚모자를 쓰고 헐렁한 몸빼에 배낭을 진 할머니 한 분이 지나가면서 한마디 하신다.

둘레길 위가 아닌 삶에도 이정표가
있으면 좋겠다.

"아니 왜, 더운데 시원한 그늘에서 그리지 않고?"

"여기 이 길이 멋있어요."

"혼자 왔소?"

"네, 혼자 왔습니다."

"왜 혼자 왔소?"

"글쎄요? 하하."

그냥 웃어넘긴다. 둘레길을 혼자 걸으면서 가장 많이 듣는 질문 중 하나다.

"혼자 왔소? 왜 혼자 왔소?"

딱히 적절한 답이 떠오르지 않는다. 혼자 오는 것이 눈에 많이 띄나 보다. 하긴 혼자 오는 사람이 그렇게 많진 않다. 난 둘레길을 혼자 걷지만 단 한 순간도 혼자 걷고 있지 않다. 혼자 왔느냐고 묻는 할머니를 만나는 순간 난 혼자가 아니다. 하지만, 둘레길은 잠시나마 나에게 혼자의 시간과 공간을 배려해 준다. 그 배려는 복잡한 사회에서 부딪히는 풀지 못할 숙제에 답을 주기도 한다. 길 위에 선 순간만큼은 그냥 아무것도 아닌 나로도 부족하지 않고, 나를 바라보는 바깥의 시선 때문에 끊임없이 정체성을 찾으려 허우적대지 않아도 된다.

이 마음을 한가득 품고 집으로 돌아오지만, 집으로 돌아오는 지하철에서 어느새 연기처럼 사라지고 만다. 그리고 다시 혼자

"아니, 왜 더운데 시원한 그늘에서 그러지 않고?"
"여기 이 길이 멋있어요."
"아, 그래 그런데 어디서 왔소?"
"안양에서요."

배낭을 짊어지고 지리산행 버스에 올라탄다. 언젠간 지리산 둘레길에 가지 않아도 내 삶의 자리에서 길을 걷는 그 마음으로 살기를 바라본다.

그림을 다 그리고 나니 점심때가 되었다. 몇 걸음 옮기니 먹을거리를 파는 쉼터가 나온다. 땀도 식히고 시원한 물도 한 잔 먹을 겸 쉼터로 들어갔다. 천막 안이 좀 답답해 바깥 파라솔에 앉았다. 가방을 내려놓고 라면을 주문했다. 수저통 안의 젓가락이 뜨겁다. 다시 혼자를 생각한다. 그러고 보니 혼자 먹는 라면 한 그릇도 자연스럽다.

지리산 산나물과 계란이 푸짐하게 들어간 라면 한 그릇을 비우니 배가 든든하다. 배가 부르니 자리에서 일어나기도 귀찮아진다. 서둘러 길을 나서야 할 이유가 있는 것도 아니니 잠시 앉아 쉼터를 스케치한다. 한 시간 정도 앉아 있었을까? 느긋하게 등구재를 향해 발걸음을 옮겼다.

상황 쉼터에서 처음 만나
등구재를 넘었죠

비탈을 따라 층층이 내려가는 다랭이논을 내려다보며 시시각각 변하는 길을 걷다 보니 어느새 상황 쉼터 나무 푯말이 나온다. 표지판 뒤에 물웅덩이가 있고 웅덩이 둑길에 쉼터 나무 의자가 보인다. 아직 둘레길이 열리지 않았던 2008년, 시범구간으로 매동에서 마천까지 걸어볼 기회가 있었다. 그때의 상황 쉼터가 기억

상황쉼터는 잊지 못할 추억이 있는 곳이다.

에서 잊히지 않는다.

2005년부터 지리산생명연대 소식지에 만화를 연재하면서도 좀처럼 지리산에 갈 기회가 없었다. 그러던 어느 날 봄바람 따라 남원에 왔다가 내친김에 남원 산내면의 지리산생명연대 사무실을 방문하게 됐다. 생명연대 사무실이 있는 실상사에 도착하니 이미 해가 떨어진 뒤였다. 그런데 가는 날이 장날이라고 다음날이 생명연대가 인월면으로 이사하는 날이었다. 얼결에 사무실 앞 식당에서 열린 조촐한 환송회에 합석하게 되었다. 생명연대 분들이 온 김에 둘레길을 걸어보고 가는 게 어떠냐고 했고 마침 Y님이 안내를 자청했다.

다음날 Y님의 집에 들러 물과 삶은 고구마, 귤 몇 개를 챙겨 둘레길 걷기에 나섰다. 눈이 녹기 시작할 때라 진 땅을 밟으며 둘레길을 걸었던 기억이 난다. 한참을 걸으니 상황 쉼터가 나왔고 나무 의자에 앉아 Y님의 얘기를 들었다.

가족은 서울에 있고 혼자 요양차 지리산에 내려와 있다고 하셨다. 남편과 연애하던 이야기, 아이 이야기, 자신의 병에 대한 이야기 등. 특히 연애 시절에 배가 고파 밭에서 무를 뽑아 먹었다는 이야기가 재미있었다. 두런두런 이야기를 나누다 보니 어느새 등구재를 넘어 마천면까지 왔고 여기까지 오면 꼭 먹고 가야 한다는 '외팔이 아저씨 수타 자장면'을 먹었다. 이것이 평생 잊을 수 없는 나와 둘레길과의 첫 만남이었다.

그래서 상황 쉼터를 지날 때마다 Y님을 떠올리게 된다. 얼마 전 Y님 근황을 물어보니 병세가 악화되어 더 좋은 곳으로 거처를 옮기셨다는 소식을 들었다. 부디 건강한 모습으로 다시 둘레길을 걸을 수 있기를 바란다.

언 땅이 녹고 진 땅을 밟으며 오르던 등구재 오르막은 풀이 자라고 숲이 우거졌다. 인월–금계 구간에서 가장 가파르고 높은 곳이다. 산내나 인월에서 마천장을 갈 때 마을 사람들이 이곳을 넘어갔다고 한다. 손에 보따리를 들고 머리엔 바구니를 이고 저물어 가는 해를 보며 집으로 돌아오는 옛사람들을 상상해 본다.

삶의 발자국이 만들어 놓은 이 길은 이제 자신의 삶의 무게를 풀어놓고 빈 마음으로 돌아가려는 순례자들의 길이 되었다.

잠시 숨을 고르고 있으니 한 무리의 청년들이 지나간다. 그 중 한 분이 인사하며 매실차 한 잔을 권한다. 더위와 체온에 미지근해진 매실차를 마시니 매실의 단맛에 목이 따갑다. 미지근한 매실차라도 즐겁다.

"매동에서부터 봤는데 스케치를 하면서 가시던데요?"

"아, 예."

"우리가 빨리 가는 것 같았는데 어떻게 여기서 만나네요."

"그런가요? 제가 한참 늦게 걸었을 텐데 말이죠. 저도 궁금하네요."

자리에서 일어나 함께 등구재를 넘었다. 누가 앞서 가겠다고 생각한 적이 없었다. 그저 내 속도에 맞춰 걸었을 뿐인데 여기서 함께 만나 물 한 잔을 나눠 마시게 되었다. 이런 인연이 고맙다. 나에겐 배움이다. 내 삶에서 난 가끔 내 속도로 사는 것을 잊고 나를 앞서 가는 것들을 허둥지둥 쫓아가곤 한다.

인생은 내리막길이 두렵고 힘들다지만 이곳에선 내리막길이 편하다. 오르막이 가파를수록 편안한 내리막길이 기다리고 있다. 등구재에 올라 잠시 걸음을 멈춘다. 그리고 다시 내려갈 곳을 바라본다. 내가 오르고 내린 길의 평균을 내자면 결국 평지일 뿐이

인생은
내리막길이
힘들지만 산에선
내리막길이
편하다.
등주재를 넘으니
내리막길이다.

다. 이제 금계까지는 내리막이 많을 것이다. 자, 다시 평균을 향해 내려간다.

등구재에서 내려가니 첫 마을과 마주했다. 현수막 하나가 눈에 띈다. 창원마을 주민의 요청으로 마을을 통과하는 둘레길이 마을을 우회하도록 변경되었다는 내용이다.

변경된 길은 포장된 임도였다. 서쪽으로 넘어가는 태양을 피할 곳이 없다. 도로포장을 하느라 길 주변 나무들이 정리된 탓에 쉬어갈 그늘을 찾기도 어려운데 허연 시멘트 포장도로에 반사되는 햇빛이 열기를 더한다. 흙을 밟으며 운치를 느끼려는 둘레꾼들은 실망하겠지만, 한편으론 둘레길이 우리에게 가감 없이 보여주는 이런 솔직함이 좋다. 이곳이 결코 파노라마식 관광을 하는 곳이 아니라 사람들이 사는 현실임을 다시금 일깨워 준다. 주민들이 원한 현실이든 합의하지 않은 현실이든 현재 지리산 곳곳에 뻗어 있는 현실이기도 하다.

금계행 초저속 걷기열차 운행을 마침

구불구불 휘돌아가는 강처럼 포장길이 한참을 흘러간다. 오후의 뜨거운 열기에 고개를 숙인 채 발걸음을 옮기다 고개를 드니 키 큰 소나무 한 그루가 허리를 잔뜩 구부리고 인사를 한다. 지친 걸음에 생각지 못한 웃음을 준다. 곧 마을이 나타날 것을 암시하는 내리막을 따라가니 겹겹이 산과 계곡 사이로 지리산 주능선이 양

둘레길을 걷다 보면 이런 다랭이논을 종종 만날 수 있다.

팔을 활짝 편 듯 좌우로 길게 펼쳐진 광경이 한눈에 들어온다.

"우와!"

이 소리 말고는 그 모습을 달리 표현할 수가 없다. 멈춘 자리에 의자를 펴고 스케치북에 옮기기 시작했다. 아무리 좋은 카메라와 렌즈로 멋진 풍경을 담는다 해도 사람이 가지고 있는 두 개의 렌즈로 보는 세상엔 비교할 수 없는 감동이 있음을 새삼 느낀다. 그리고 그 두 개의 렌즈로 본 것을 그림으로 옮기는 재미도 새롭다.

아마 자동차를 타고 가며 지리산을 보는 것과 두 발로 걸으며 보는 차이라고 할까? 속도가 주는 이로움도 있지만, 속도가 빠르면 반드시 볼 수 없는 것들이 있기 마련이다. 걸음이 느리고 많이 쉴수록 못 보던 것을 발견할 기회가 많아진다.

얼마나 그렸을까. 겨울이라면 이미 산 너머로 해가 졌을 시간인데 아직 산꼭대기 한참 위에 해가 있다. 느긋한 맘으로 금계마을을 향해 내려가는데 생각보다 만만치 않은 거리다. 창원마을의 집과 집 사이를 다랭이논을 따라 내려간다. 한낮의 뜨거운 기세를 피해 일을 멈춘 농부들이 다시 밭을 일군다.

어느새 굽이 흐르는 엄천강이 보이고 둘레꾼들이 하나둘씩 눈에 띈다. 이제 금계에 도착했다. 집들과 민박 간판이 보이기 시작한다. 짐을 풀고 땀을 씻고 몸을 뉘일 적당한 민박을 찾는다. 기왕 온 거 마을의 정서를 듬뿍 느낄 만한 곳을 찾으러 내려간다. 민박을 위해 새로 지은 집인지 새로 지은 집인데 민박을 하는 건지 몰라도 새 건물이 많다. 한참을 두리번거리며 민박을 물색하는데 점점 어깨도 아프고 다리도 무겁고 허기가 밀려온다. 미리 민박을 알아보지 않고 '우연'이 주는 기회를 맛보고 싶었는데 정말 아무 곳이나 빨리 들어가야 했다. 체력이 급격하게 떨어지고 있다.

한참을 빙빙 돌다 민박 하나가 눈에 띈다. 주인아주머니 같아 보이는 분이 다가온다.

"민박하려는데요."

"3만 원. 식사는 5천 원."

흥정하고 말고 할 기운도 없다. 대한민국에서 하루 묵는데 이 정도 안 내는 곳이 어디 있겠나 싶어 더 따지지 않고 아주머니를 따라 집으로 들어갔다.

작은 방 하나를 열어 주신다. 정말 작다. 장정 둘이면 꽉 찰 것 같다. 줄줄 흐르던 땀이 저녁 바람에 식어가니 몸이 끈적인다. 우선 짐을 내려놓고 욕실에 가서 목욕하고 새 옷으로 갈아입었다. 저녁을 주실 때까지 기다리려니 졸음이 밀려온다. 그래서 스케치북을 들고 밖으로 나가 민박집을 그렸다. 스케치하고 나니 저녁을 먹으라고 하신다.

상추와 나물 반찬이 올라왔다. 둘레길 어디서 민박을 하건 산나물 반찬은 빠지지 않는다.

"아, 맛있다!"

걷기를 마치고 먹는 푸짐한 산나물 식사는 꿀맛!

식사를 마치고 방안에 있자니 심심하다. 이것저것 메모도 하고 배낭을 열어 짐도 뒤져 본다. 그래도 적적함을 달래기 어렵다. 벌떡 일어나 맥주 두 병과 땅콩을 사왔다. 시원한 맥주의 유혹을 뿌리칠 수 없었다. 두 병을 단숨에 들이켜니 알딸딸하다. 이렇게 '인월발 금계행 초저속 걷기열차'의 순례길이 저물어간다. 잠자리에 들며 생각한다. 하루하루를 여행하는 사람처럼 살고 싶다.

그리고 지금 이 순간 부족함 없이 잠이 든다.

4

삶을 배우는 길

금계 – 동강 구간

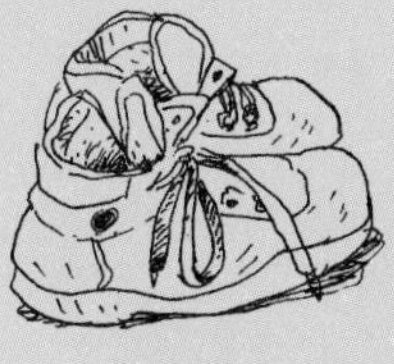

■ **금계-동강 구간 미리보기**

경상남도 함양군 마천면 금계마을과 휴천면 동강리를 잇는 **약 15킬로미터**의 숲길이고 **6시간** 정도 소요된다. 경유지는 **금계마을-의탄교-의중마을-용유담-세동마을-구시락재-동강마을**이다.
금계-동강 구간은 지리산 자락 깊숙이 들어온 여섯 곳의 산중마을을 지나며 **엄천강**을 만나는 길이다. 대부분 조용한 숲길과 임도다. 산자락을 끼고 굽이쳐 흐르는 엄천강은 이 구간의 빛나는 보석이다. 숲길을 걸으며 바라보는 강은 절경 중 절경이다. 용유담은 엄천강 한가운데 깊은 연못처럼 형성되었고, 용유담 양옆으로 펼쳐진 기암괴석에선 정말 신선들이 바둑이라도 뒀을 것 같다. 계곡의 크기만큼이나 고요한 마을들은 혼자 걸으며 자신을 돌아보기에 알맞은 구간이다.
둘레길을 가기 전에는 내가 걷는 구간이 어떤 특징을 갖고 있는지 미리 알아보는 것이 좋겠다. 지리산길 안내센터 홈페이지에서 금계-동강 구간의 지도를 보고 사전 계획을 짜 보자. 특히 구간 거리와 소요 시간 등을 고려해 내가 어디쯤에서 숙박하게 될지를 생각하고 민박 이름과 전화번호를 기록해 예상치 못한 상황에 대비하자.
금계-동강 구간은 다른 구간의 마을에 비해 운영하고 있는 **민박**이 적다. 방문객이 많은 성수기나 연휴엔 숙소를 구하기 어려울 수도 있다.
화장실은 각 마을의 마을 회관을 이용할 수 있고 용유담의 용유교 앞과 송문교 앞에 공용 화장실이 있다.
최근 간이 **쉼터**가 몇 군데 생기기는 했지만 다른 구간에 비해 시장을 해결할 장소가 부족하다. 금계-동강 구간을 방문할 때는 출발하기 전에 미리 간단한 식사거리를 준비하는 것이 좋다.

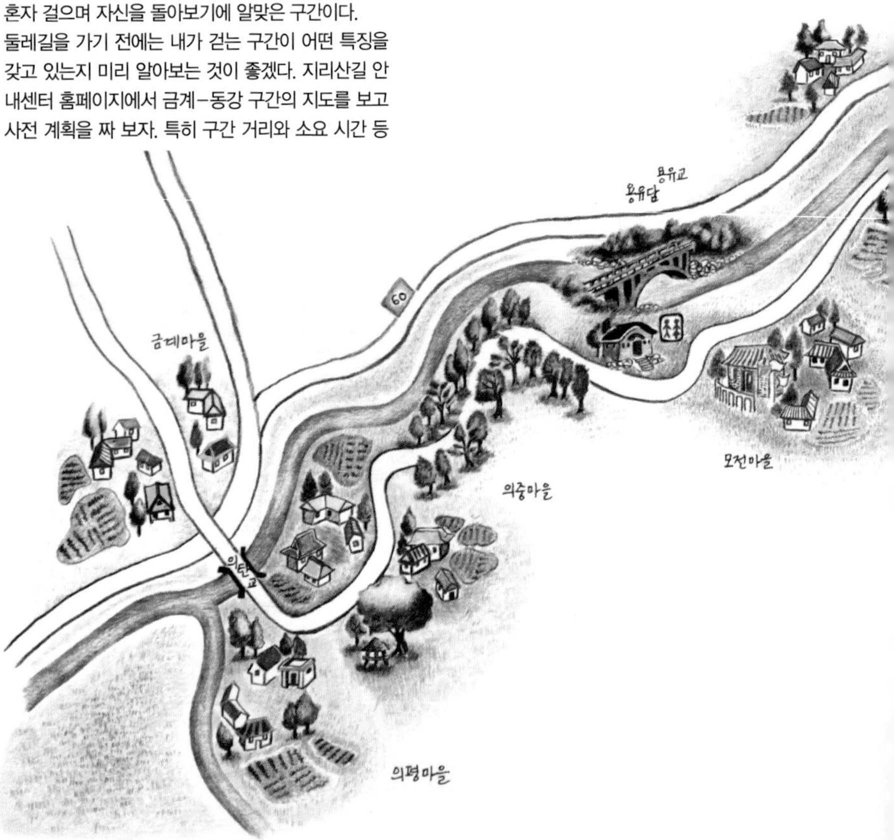

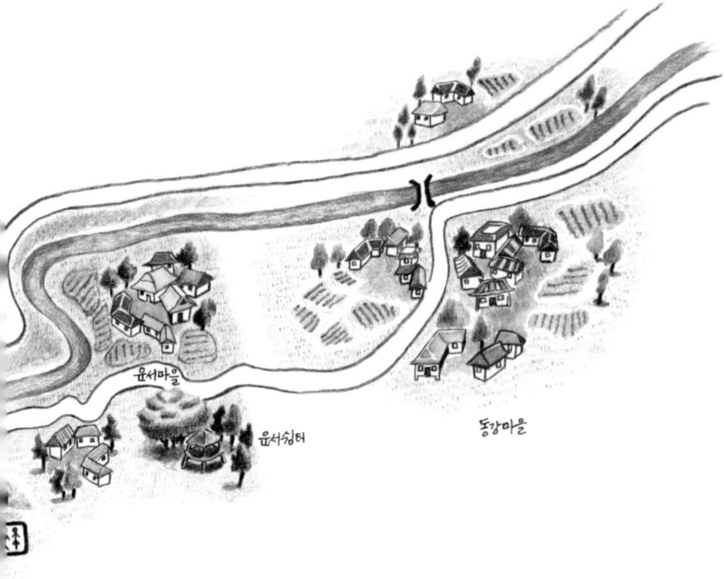
윤서마을
윤서쉼터
동강마을

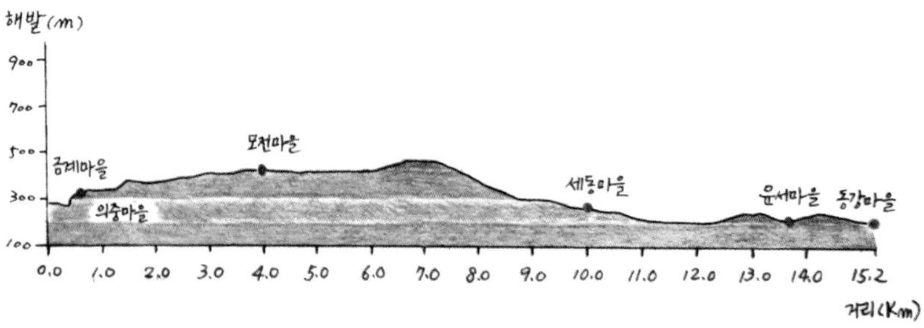
금계－동강 구간 (15.2Km)
해발(m)
900
700
500
300
100
금계마을
모전마을
의중마을
세동마을
윤서마을
동강마을
0.0
1.0
2.0
3.0
4.0
5.0
6.0
7.0
8.0
9.0
10.0
11.0
12.0
13.0
14.0
15.2
거리(Km)

쓸쓸하지 않게 된 날

10월, 다시 지리산을 찾았다. 이번 여행은 혼자가 아니다. 미모의 여인이 아니라 아쉽긴 해도 정서로 보나 취향으로 보나 여러모로 단짝인 선배 대필이 형과 함께 했다. 여러 차례 지리산 둘레길 얘기를 늘어놨던 터라 기회가 되면 꼭 한 번 같이 가자고 했었는데 마침 대필이 형의 일정이 맞아떨어졌다.

약속 시각보다 지체됐지만 그나마 대필이 형의 차를 타고 가는 여행이라 빠르게 움직일 수 있었다. 평일 고속도로는 시원하게 뚫렸다. 우리 둘 다 헤비메탈 음악을 좋아해 작은 승용차가 음악 감상실이 됐다. 지금 이 나이에 헤비메탈을 맘 놓고 크게 들을 수 있는 곳을 찾기란 쉽지 않다. 공연장이나 록 음악을 틀어주는 전문적인 바가 아니고서는 늘 눈치가 보인다. 그런데 가끔 대필이 형의 차를 타고 이동하는 기회가 생기면 아무에게도 방해받지 않는 완벽한 공간이 생긴다. 이런 날은 딥 퍼플Deep Purple의 <하이

웨이 스타Highway star>나 <스피드킹Speedking>이 딱 어울리는 곡이겠지만, 아쉽게도 딥 퍼플을 준비하진 못했다.

아직 본격적인 단풍철은 아니지만 달리는 차창 밖으로 조금씩 산과 들이 타오를 조짐이 보인다. 활활 타오르는 단풍이 왠지 헤비메탈과 어울린다는 엉뚱한 생각을 해 본다.

고속도로 휴게소에서 늦은 아침을 먹고 다시 출발하니 점심 무렵 인월에 도착했다. 주차를 위해 지리산길 안내센터로 갔다. 그런데 평일이면 늘 텅 비어 있던 주차장이 전국에서 몰려온 자동차들로 가득 차 있다. 사람들의 옷차림은 지리산의 단풍보다 더 성급하게 울긋불긋 물들어 있다. 짐작건대 얼마 전 둘레길을 배경으로 방영한 예능프로그램의 효과를 톡톡히 보는 듯했다.

우리 옆에 주차하던 분이 길을 묻는다.

"금계로 가려면 어떻게 해야 하나요?"

"이 앞길을 따라가면 구인월교가 나오는데 그 다리를 건너면 이정표가 나옵니다. 저기 개천 건너에 사람들 걷는 거 보이시죠? 그분들 따라가시면 됩니다."

또 다른 둘레꾼이 묻는다.

"매동마을까지 가려면 얼마나 걸릴까요?"

"두어 시간이면 충분할 거예요. 쉬엄쉬엄 가도 해 떨어지기 전까진 도착할 겁니다."

내 얼굴에 '길 가르쳐 드립니다'라고 쓰여 있는지 그 후로도 여러 둘레꾼이 이것저것 물었다. 우쭐했다. 왠지 갓 신입생을 맞은 2학년 선배가 된 태도였다. 내가 생각해도 좀 어설프다.

안내센터에서 지도를 한 부 챙기고 가까운 식당으로 향했다. 사람들이 걷기 여행을 하기 전 연료 비축을 하느라 식당도 북적인다. 내 일이 출퇴근하는 직업이 아니라 다른 건 몰라도 점심시간에 식당 앞에서 줄 서서 기다리거나 영화 볼 때 매진 걱정, 자리 걱정하지 않는 걸 자부심으로 알고 살았다. 평일 오전에 지리산 둘레길을, 그것도 많은 인파를 피해 한적하게 걸을 수 있다는 것이 특권이라면 특권이었는데, 이제 그런 호사를 누릴 수 없게 되었나 하는 생각에 은근히 서운하고 억울하기까지 했다.

식사를 마치고 인월터미널로 향했다. 오늘 걸을 구간은 금계에서 동강까지. 인월터미널에 들어서니 몇 달 전엔 없던 것들이 보인다.

"오. 많이 오긴 오나 보다. 시간표랑 버스편 안내문을 따로 붙여 놓고."

"하도 많이 물어봐서 귀찮아서 붙였나 보네. 하하하."

둘레길이 생긴 후 변화하는 모습을 계속 지켜봤지만, 이번만큼 급격하게 변한 적은 없었던 것 같다.

금계행 버스표를 사려는데 매표소 아주머니께서 금계행 버스는 한 시간 정도 기다려야 하니 곧 도착하는 마천행 버스를 타고 조금 걸어가는 게 어떻겠냐고 하신다. 초행길이라면 마냥 버스를 기다렸을 테지만 마천에서 금계를 걸었던 경험이 몇 번 있어 고민할 것 없이 아주머니 말씀을 따르기로 했다.

잠시 후 마천행 버스가 도착한다. 함양 등지에 출타했다가 무언가 한 보따리씩 이고 버스를 기다리는 할머니 할아버지, 그리고 학교를 마치고 집으로 가는 학생들이 보인다.

더 많은 사람이 눈에 담아야 할 엄천강

이제 버스는 마천으로 향한다. 버스에서 라디오 소리가 흘러나온다. 지역 방송에서 특이한 캠페인을 한다. 가을 단풍철에 교통사고가 자주 일어나는데 그 이유가 운전자들이 가을 단풍에 넋을 놓고 달리다가 보행자를 보지 못하기 때문이란다. 이런 접촉사고가 빈번하니 조심하라는 내용이다.

미스터리다. 화려한 스마트폰과 컴퓨터와 텔레비전을 늘 끼고 사는 현대인들이 그깟 단풍에 넋을 잃어 사람을 보지 못한다니 말이다. 어쩌면 당연한 것일 수도 있겠다 싶다. 울긋불긋 고해상도 풀 에이치디FULL HD 단풍 숲은 인간을 압도하고도 남는다. 그러나 아직 이곳까지는 불꽃이 옮겨 붙지 않았다.

"과학이 이렇게 발전했는데도 가을이면 왜 나뭇잎 색이 변하는지 아직 의견이 분분하대요."

"하긴. 그 흔한 감기 바이러스도 치료하지 못하잖아. 암도 치

과학이 발전하고 도시가 화려해져도 사람들은 숲을 그리워한다.

료율이 높아졌다곤 하지만 왜 생기는지 모르는 것처럼 말이지."

비싼 차를 타고 수십억의 아파트를 원하면서도 지리산 둘레길을 걸으려는 사람들이 시간이 지날수록 많아지는 아이러니와 같은 것일지도 모르겠다고 생각했다.

얼마 전 텔레비전 예능프로그램에서 지리산 둘레길 여행을 떠나는 모습이 방영됐다. 주인공들이 미션을 수행하며 길을 걷다가 처음 만나는 사람들과 이야기를 나눈다. 쉼터에 앉아 아주머니가 부쳐주시는 커다란 파전을 먹기도 한다. 텔레비전에 빠져든 우린 그 한 시간 동안 그들과 함께 길을 걷고 우여곡절을 겪는다. 평소엔 상상도 할 수 없는 비릿한 까나리 액젓을 벌컥벌컥 단숨에 마시고 엉성한 복불복 게임에 참패해 칼바람 속에서 야외 취침을 한다 해도 마다하지 않을 기세로 그 모험에 동참한다.

바삐 사는 도시에서 우리는 무엇의 일부가 되어 살아간다. 주인공이길 원하지만, 조연 혹은 단역으로 등장할 뿐이다. 이것이 아마도 우리가 지리산 둘레길을 그리워하는 이유가 아닐까? 그곳에 가면 주인공이 될 수 있기 때문에.

액션 어드벤처 모험 스릴러 영화는 아니더라도 죽지 않을 만큼의 적당한 고생을 은근히 기대하기도 한다. 길을 잃어 헤매는 위기에서 구해주는 마을 사람들의 후덕한 인심, 처음 만나는 길동무들과 인생을 이야기하는 여행자의 로망을 꿈꿔 본다.

어설픈 모험왕을 태운 시골 버스는 중군마을을 지나 장항교 앞을 지나친다. 장항교 앞엔 계란빵을 파는 트럭이 등장했다. 그리고 제법 많은 사람이 그 앞에 줄 선다. 구불구불 길을 따라 매동을 지나고 산내 실상사 앞을 거쳐 어느덧 마천에 도착한다. 마천 농협 앞에서 버스가 멈춘다.

본격적으로 길을 걷기 전에 준비할 것이 있다. 일용할 간식과 물이다. 둘레길을 걷다 어느 장소에서 배고픔, 목마름과 마주칠지 알 수 없다. 김밥이나 주먹밥이라면 좋겠지만 내겐 경험상, 그리고 보관상 초코파이만한 것이 없다. 그리고 혹시 모를 상황을

고려해 약간의 현금을 준비하는 것도 좋다. 우리는 간식과 물을 사고 의탄교로 향했다.

"오른쪽에 보이는 강이 엄천강인데요. 지리산에 댐이 생기면 이곳이 전부 물에 잠긴대요."

"언제부터 만든대?"

"오래전부터 만든다, 안 만든다 하는데 언제 기습적으로 공사를 진행할지 모르죠. 여긴 수달도 산다던데."

"내 생각엔 천연기념물이고 만년기념물이고, 호랑이가 산대도 댐 만든다는 얘기가 안 없어질 것 같다. 대통령 조상 묘라도 여

기 있지 않은 이상은.”

사람들이 많이 찾아와서 둘레길이 옛 모습을 잃을까 걱정도 되지만, 한편으론 많은 사람이 직접 지리산을 목격한다면 이런 묻지마 개발이 멈출 수도 있다는 생각이 들었다. ‘이런 아름다운 강에 댐을 쌓는다고? 안 돼!’ 하고 말이다.

잠시 후, 금계–동강 구간의 출발지 의탄교가 나타났다. 의탄교를 건너 의평마을을 지나쳐 의중마을로 들어섰다. 마을로 들어가는 조그만 오솔길을 오르니 대나무숲 평상에 앉은 아주머니 두 분이 인사를 건넨다. 벽송사까지 갔는데 길이 연결되지 않아 한참을 다시 돌아왔다며 한숨을 쉬신다. 2010년 초 겨우내 둘레길을 손질하며 벽송사에서 모전마을로 이어진 숲길을 막고 재정비했다. 그래서 마을 입구의 600년 묵은 당산 느티나무에 들어서면 정자에 앉아 이렇게 한숨을 쉬는 둘레꾼들을 가끔 볼 수 있다.

당산 느티나무 앞에서 우리는 누가 먼저랄 것도 없이 그저 감탄사만 흘린다.

“오호! 오호!”

600년이라는 시간은 내겐 그냥 숫자 600이지만, 이 나무는 조선시대를 모두 지켜봤다는 얘기다. 일단 느티나무를 마주하면 그 크기와 노인의 굵은 주름 같은 표면에 입이 떡 벌어진다. 나무가 분명 나를 쳐다보고 있음에 압도된다. 마음으로라도 인사를 해야지, 그냥 지나친다면 뒤에 무슨 일이 생길 것 같다.

오후 3시 정도인데 사람이 제법 많다. 대개 오전에 출발하니 이 시간 이곳엔 사람들이 없을 줄 알았는데 이것도 변화하는 둘레길 모습이라 생각했다. 마을에 들어서니 시골의 가을 풍경이 펼쳐진다. 잘 익은 감과 가을걷이를 마치고 건조 작업을 하는 벼이삭이 곳곳에 널려 있다.

"단풍은 많이 안 들었는데 감나무에 감이 주렁주렁한 게 가을은 가을이구나!"

대필이 형과 나는 서로 말없이 한참 걷다가도 그림 같은 장면 앞에선 기어이 한 마디씩 꺼내고야 만다.

대나무 숲을 지나 나지막한 언덕에 다다르니 둘레꾼이 많다. 외국인도 눈에 띈다. 한국인 친구들과 같이 온 듯했지만, 한국의 숲길을 걷는 감상이 어떤지 궁금했다. 인사라도 건네 볼까 머뭇거린다. 머릿속에서 영작이 시작된다.

"헬로우! 나이스 투 미츄. 음……."

그만 포기하고 만다.

언덕을 내려오니 마을 사람들이 이 마을 저 마을로 이동하던 작은 오솔길이 우리를 반긴다. 왠지 풀이 무성했던 여름의 길보다 더 포근하게 느껴진다. 코스모스와 이름 모를 가을꽃들, 그리고 바람결에 움직이는 억새 소리에 괜히 쓸쓸해진다. 왜 눈치 없이 감동의 물결이 아닌 생뚱맞은 청승인가? 그래도 이 마음은 가을 남자의 쓸쓸함이 분명하다.

시선을 옮겨보니 이 길은 분명히 전에 내가 걸었던 길이다. 하지만, 그때 그 여름의 길이 아니었다. 계절이 네 번 바뀌니 둘레길에 곱하기 4를 해야 둘레길 풍경의 가짓수가 나온다고 누군가 말했다. 딱 맞는 표현이다. 변화무쌍한 그 숲길에 들어서니 지난번 방문의 기억이 떠오른다.

매미 울음소리를 배경음악으로 홀로 앉아 스케치하던 그 바위에 이젠 길동무와 함께 앉아 잠시 쉬어가기로 했다.

둘레길 곱하기 봄여름가을겨울
– 용유담 / 모전마을

초코파이 한 입과 물 한 모금.

“가공식품이 안 좋다고는 해도 여기서 먹는 이 맛이 끝내주죠.”

“지금은 누가 줘도 잘 안 먹는데 군대에선 왜 그렇게 초코파이에 안달했는지.”

남정네 둘이 모이니 군대 얘기가 빠지지 않는다.

“이등병 때는 선임들 눈치 보느라 화장실에서 먹기도 했어요.”

“하하하, 초코파이 때문에 일요일 종교 행사에도 가잖아.”

사람들은 군대 얘기, 게다가 군대에서 축구한 얘기를 싫어한다고 하는데 군대에서 초코파이 먹었던 얘기도 좋아하진 않을 것 같다. 잠깐 쉬어간다는 게 초코파이 얘기나 하고 있다.

지리산에 오면 쉬는 걸 배운다. 쉬지 않으면 힘이 들어 걸을

12시에
땀을 식히고
밥도 먹고 물도
한 모금 마시고
그림도 그리고
바람에 나뭇가지
스치는 소리와
새 소리에
몸이 가벼워진다.
이게 바로
상팔자로구나.

수 없다. 재밌다. 그런데 가끔 두 구간을 하루 만에 주파했다고 자랑하는 얄미운 이를 볼 수 있다. 도대체 어떤 축지법을 써서 하루에 두 구간을 주파하시는지는 모르겠다. 지리산 둘레길에 오는 마음이야 모두 다르겠지만, 여기까지 와서 묻지도 않은 자신의 능력을 과시하는 걸 보면 한 대 쥐어박고 싶다. 이 이야기를 대필이 형에게 꺼내니 한마디 한다.

"그렇게 급하게 가신 걸 보니 똥 마려웠나 보네."

"그랬었구나!"

얘기하다 보니 시간이 훌쩍 지났다. 자리를 털고 일어나 다시 좁고 수수한 오솔길을 따라 걷기 시작했다. 숲이 우거진 좁은 길을 따라가다 보니 어느새 강이 보이는 숲의 바깥으로 나왔다. 왼쪽은 가파른 내리막이다. 그리고 잠시 후 좁은 길 오른쪽엔 바위 위에서 자라난 커다란 소나무가 보인다. 인간의 실력으론 만들 수 없는 기이한 형상이다. 그냥 지나칠 수 없어 카메라 셔터를 눌렀다. 스케치로 남기고 싶었지만 자리 잡기가 마땅치 않다.

어느새 다시 나무가 우거진 오솔길로 들어간다. 저녁이 가까워지니 빛이 잦아든다. 가을이라 해가 짧다. 땀이 나지만, 겉옷을 입지 않으면 서늘하다.

"가을이라 해가 빨리 지네. 산이라 더 빨리 사라진다."

"전 보통 아침에 출발하니까 쉬엄쉬엄 스케치하면서 여기 오

용이 놀았던 연못 용유담.

면 한두 시 정도인데요."

"동강까지 해 지기 전에 갈까?"

"글쎄, 전에는 금계–동강 구간이 금방이라고 생각했는데 이번에 왠지 오래 걸리는 느낌이네요."

"가다가 해 지면 아무 데서나 재워 달라 하지 뭐!"

"그래, 뭐 어떻게 되겠어요?"

대화는 이래도 해 지기 전에 동강마을에 도착하지 못할까 마음이 급하다. 같은 길도 곱하기 넷이라는 말이 다시금 실감 난다.

"높은 산이 아니라도 이렇게 산에서 움직이면 등산복이 필요하긴 한 것 같아요."

"어두운데 체온이라도 떨어지면 더 당혹스럽지."

용유담. 용유교 앞에서.

"옷 얘기가 나와서 말인데요."

"응."

"제가 둘레길에 올 때 등산복을 안 갖추고 오는 게 마을에서 너무 튀어 보일까봐 그런 건데, 오히려 셔츠에 편한 면바지 입고 스케치하고 있으니 의심의 눈초리를 받더라고요."

"하하하. 마을에 거동 수상자 들어왔다고?"

"너무 과한 배려는 화를 부를 수도 있겠다 싶었죠. 하하."

숲을 벗어나 용유담에 다다랐다. 둘러싸인 산과 산 사이 깊고 좁은 계곡이다. 그래서 그곳에 놓인 용유교는 그 높이가 제법 높

초여름에 만났던 나무 구멍은 그대로인데
새는 집을 비웠나 보다.

고 다리 밑에 흐르는 물이 검게 보인다. 물 위로 솟은 계곡이 물에 비치니 그 깊이가 더해 보인다. 용이 놀았던 연못이라 불릴 만하다. 울긋불긋 단풍과 계곡 양옆의 살아 움직이는 것 같은 바위들이 감탄을 더한다.

초여름 이곳을 지날 때가 생각났다. 숲에서 용유교로 나오는 계단 옆에 바위가 있는데 잠시 앉아 쉬기에 안성맞춤이다. 용유담의 적막함을 즐기며 쉬고 있는데 어디선가 소리가 들린다. 마치 멀지 않은 곳에서 누군가 나무로 된 문을 노크하는 소리 같다. 목탁 소리일까 생각했지만, 스님들이 목탁 두드리는 리듬과는 달랐다.

"형! 이것 봐요. 여기 나무에 구멍 보여요?"

"어, 구멍이 여러 개 있네?"

"전에 여기서 쉬고 있는데 딱따구리로 보이는 새가 나무를 쪼더라고요."

"지금도 있으려나?"

내가 신기했던 건 그 새와 나의 거리가 불과 1미터 정도였다는 거다. 새는 나를 못 본 건지 아니면 신경 쓰지 않는 건지 열심히 자기 일에만 몰두했다.

"괜히 기분이 좋았어요."

"왜?"

"그놈이 날 위협적으로 생각지 않았다는 거요."

동물이든 사람이든 누군가 나를 신뢰한다는 건 기분 좋은 일이다.

이곳은 동강까지 가는 길의 3분의 1 정도 되는 지점이다. 이제 모전마을이 시작되고 여기서부터 송문교까지는 임도의 연속이다. 중간에 한두 번 쉬어 간다면 송문교까지 한 시간에서 한 시간 반 정도 걸린다.

다시 만난 가을의 다랭이논

모전마을을 지난다. 검고 길게 뻗은 포장길을 따라간다. 지난 초여름엔 임도 포장 공사가 한창이었는데 검은 아스팔트로 말끔히 덮였다. 임도를 따라 언덕에 올라 뒤를 돌아보니 용유담과 용유교가 한눈에 보인다. 혹 댐이 만들어진다면 다시 볼 수 없을 광경이다.

시간의 흐름은 아스팔트 포장에만 있지 않았다. 임도 양옆 논에 아이돌 가수 같이 파릇파릇하던 모들이 이제 낟알이 굵어진 중견이 되어 고개를 숙이다 못해 자빠져 누웠다. 수확을 마친 논은 바닥을 드러냈고, 농부들은 수확한 볍씨를 바닥에 깔고 말리는 작업에 손이 바쁘다.

"이 높은 산비탈에 만든 논에서 나온 귀한 쌀이네."

"다랭이논 축대 바위들을 도대체 어떻게 산 중턱까지 올렸는지 정말 신기해요."

"쌀농사엔 북방 한계선이 있잖아. 근데 옛날 소련 때 강제 이주 당한 고려인들은 이주한 곳이 한계선을 넘는데도 쌀농사를 지었대."

"밀 자급률이 5퍼센트고 나머지는 전부 수입이라던데. 쌀은 자급률이 얼마나 되죠?"

"자급률? 남아돌잖아. 그래서 남는 쌀을 북에 좀 보내자고 하면 군량미로 쓴다 어쩐다……. 그러면서 수입쌀이 들어오잖아. 이게 뭐하는 짓인지."

"세상에 상식으로 이해할 수 없는 일들은 많으니까요."

어느덧 그림자 길이가 길어졌다. 여름의 6시면 아직 해가 중천에 떠있을 시간인데 발걸음을 옮길수록 땅거미가 진다. 초여름 둘레길을 걸을 때면 부지런히 출발해 쉬엄쉬엄 걸어가도 저녁 6시쯤 도착하는 경우가 많다. 7시에 도착해도 아직 산 능선 위에 해가 있다. 민박집에 도착해 땀을 씻고 저녁을 먹어도 해가 좀처럼 지지 않는다. 혼자 오면 해가 떨어지자마자 막걸리 한 통을 잽싸게 비우고 살짝 달궈진 취기에 잠을 청하는데 이렇게 해서 깊은 잠을 자고 눈을 떴는데도 새벽 한두 시면 당혹스럽다. 다시 잠을 청해도 쉽게 잠이 들지 않는 무서운 밤이 되기 때문이다.

길가에서 쉼터를 하시는 아저씨와 아주머니께서 하루를 정리하고 있었다. 지나는 우리를 보시고 한 말씀 하신다.

"가다가 어두워지면 산으로 가지 말고 강 건너 찻길로 가. 택시라도 타라고."

"예, 감사합니다."

그렇게 두 분을 지나쳤다.

"아저씨는 우리가 동강까지 가기 전에 해가 질 것으로 생각하시나 봐. 점점 어두워지긴 하는데."

"나 혼자 왔으면 지금쯤 벌써 어디 들어갔을 거예요. 밤길은 생각만 해도 무서워서."

어둠이 내릴 것을 걱정하며 발걸음을 재촉하는데 왼쪽에 강변 자갈밭으로 내려가는 길이 보이자 누가 먼저랄 것도 없이 방향을 옮긴다. 쉬지 않고 가속도를 낸 지 오래 됐다. 자갈밭이라고

가을 둘레길이 걸음을 재촉하지만,
그래도 쉬어간다.

하기엔 돌들이 크다. 앉을 만한 적당히 넓적한 바위를 골라 자리를 잡았다. 흐르는 물에 세수도 한다.

초여름 스케치북을 들고 혼자 왔을 때 한낮 땡볕에 얼굴을 씻던 그 상쾌함이 새록새록하다. 운봉의 민박집 아저씨께서 여기서 그렸던 벗어 놓은 신발 그림을 보고 한번 신어보고 싶다며 극찬하셨던 일도 떠오른다.

해 지는 송문교에서

잠깐의 호사를 뒤로하고 세동마을을 지나 송문교에 이르니 안내판이 하나 서 있다. '지리산 공비 토벌 루트 안내도'다. 말로만 듣던 지리산의 빨치산 비밀 아지트가 있던 곳을 여기서 만나니 타지에서 아는 사람을 만나 기분이랄까? 반갑기도 하고 어색하기도 하고 할 말도 잘 떠오르지 않는다. 안내도에 나온 것처럼 민족

지리산은 비극의 역사를 갖고 있기도 하다.

사에서 가장 처참하고 비극적인 현장을 지나게 된 것이다.

자세한 내막이야 말하지 않아도 잘 알겠지만, 무엇보다 내가 놀란 건 이곳에서 최후의 빨치산이 1963년까지 살았다는 대목이다. 도대체 어떻게 전쟁이 끝난 후 10년 동안 이곳에서 버틸 수 있었는지 놀라웠다. 한여름인 8월에도 지리산 야영을 하면 밤 추위에 잠을 설치는데, 하물며 발각될까봐 밤에 불도 피우지 못했을 사람들이 잠은 어떻게 자고 밥은 어떻게 먹었을까. 극단적인 고통을 생각하니 숙연해진다.

숙연도 잠시, 송문교 앞까지 오니 이제 정말 해 지는 속도가 더 빨라진다. 송문교를 지나 운서 쉼터 고개까지는 숲길도 나오고 임도를 지나고 마을을 통과해 논밭을 지나치는 등 변화의 폭

어두워지는 둘레길에서 당황하지 않으려면 손전등을 챙겨야겠다.

이 큰 구간이다. 혹시 어둠에 길이라도 잃지 않을까 둘의 발걸음은 점점 빨라지는데 왜 거리는 좁혀지는 느낌이 안 드는지 마음이 급하다.

대화가 적어지고 말수가 줄어든다. 거친 숨소리와 발걸음 소리, 그리고 어느 농장에서 울어대는 짐승의 기괴한 소리만이 들릴 뿐이었다. 정말 쉼터 아저씨의 예언(?)대로 가다가 해가 떨어지다 못해 달이 떴다. 굳이 동강마을까지 가지 않더라도 당장 들어가 짐을 풀만 한 민박들은 있었다. 낮에 걸었을 때는 잘 몰랐는데 밤이 되니 불이 켜진 민박이 눈에 더 잘 띄었다. 그냥 들어갈까 생각도 했지만, 대필이 형은 여기서 들어갈 생각이 없는 듯 속도를 내고 있었다.

우리의 발걸음보다 밤이 먼저 찾아왔다. 오히려 가로등이 있었다면 더 어둡게 느꼈을 텐데 달빛이 그나마 우리 길을 잔잔히 비추고 있었다. 그래도 야간 행군(?)을 할 거라 예상치 못한 탓에 손전등을 준비하는 걸 깜박 잊고 말았다. 손전등이라도 있었으면 발아래 위험 정도는 예방할 수 있겠다는 생각을 하며 걸었다.

그리고 머리 한구석에서는 가이드로서 길을 잃는 망신은 당하지 말아야 한다는 생각이 모락모락 피어오르고 있었다. 서울 촌놈에겐 포장이 안 된 시골길이 대부분 비슷비슷하게 보여 둘레길인지 논으로 가는 길인지 남의 집으로 들어가는 길인지 헛갈릴

때가 있는데, 이 시점 어디쯤에서 길을 잘못 들어 한참을 돌아왔던 터라 신경을 곤두세우고 있었다.

그때 대필이 형이 말했다.

"이 시간에 우리만 걷는 줄 알았더니 우리 같은 양반들이 또 있구나."

저기 멀리 길을 걷는 일행이 흐릿하게 보였다.

"아, 맞아. 내가 여기서 길을 잘못 들었었다. 기억이 나요."

"많이 들어갔어?"

"그건 아닌데, 아마 논으로 나가는 길이 제법 넓더라고요. 역시 길이 아니다 싶어 잽싸게 제자리로 돌아갔죠. 그래서 오는 내내 또 같은 실수할까 봐 조마조마했어요."

"야, 저기 저분들이 손전등 들고 가네. 따라가면 되겠다."

"내 기억엔 이제 거의 다 온 것 같아요."

둘레길의 밤바다에서 등대를 만나 다행이었다. 우리에게 길을 인도하던 손전등 불빛이 이내 조그맣게 깜빡이더니 고개 너머로 사라졌다. 그리고 안내자들이 닦아 놓은 길을 쫓아 몇 분을 걸었다. 고갯마루에 오르고 그 고개를 살짝 넘으니 운서 쉼터가 나타났다.

"이야! 이제 다 온 거나 마찬가지다. 한시름 놨네."

그때야 마음이 놓였다.

"휴, 여기서 잠깐 쉬었다 가자."

"그럴까요?"

마침 쉼터 정자에는 우리 처지와 비슷한 남자 두 분이 두런두런 이야기를 나누고 있었고 정자 주변에는 새로운 민박이 지어지는지 공사 자재들과 바위들이 섞여 있었다. 우린 적당한 자리를 찾아 휴식을 취했다.

"정말 같은 길이라도 밤길과 낮길은 거리가 달라지는 거 같아요."

"길이 늘었다 줄었다 하나 봐."

시계를 보니 전에 걸렸던 시간과 별반 차이가 나지 않았다. 몇 분 후면 동강마을에 도착한다는 안도감에 간만의 휴식이 여유 있다. 물 한 모금, 남은 초코파이도 마저 해치웠다. 여기서 더 어두워질 일도 없을 거고 이제 아무리 멀어 봤자 뻔한 길이다. 아마 우리가 이곳에서 쉬는 마지막 주자가 아닐까 싶었다.

그렇게 땀을 식힌 지 수 분이 흘렀을 때 정자에 있던 둘레꾼 두 분이 앞장서 길을 나섰다. 그리고 우리도 어느 정도 간격을 두고 자리에서 일어났다.

많은 것을 살리는 변화가 되길
– 동강마을

마을로 진입하고 있었지만 이곳도 농촌 시골인지라 도시와 같은 밤은 아니다. 하지만 높게 솟은 달빛이 어둠에서 더욱 빛을 발했다. 길은 더 하얗게 보였고 그 길을 따라 동강마을로 들어섰다. 조용하다. 길이라도 잃을까 했던 조바심에 신경이 곤두섰었다. 동강마을 내리막길을 걸으니 긴장이 풀리면서 기분도 나른하다. 어서 몸을 씻고 두 다리 쭉 펴고 앉고 싶은 마음이다.

마을길을 내려오며 좌우를 살핀다. 집 밖엔 인적이 없다. 민박이라고 쓰여 있지만 불쑥 들어가기가 왠지 어색하고 불편하다. 다음 집, 다음 집하면서 내려오다 보니 결국 전에 묵었던 엄천교 앞 식당까지 내려오고 말았다.

사람들 떠드는 소리와 어디서 노래방 기계 반주에 맞춰 노래 부르는 소리도 들린다. 저녁을 먹고 바람을 쐬러 나온 사람들이 잠시 보인다. 아마도 오늘 둘레길 걷기를 마치고 저녁 식사를 하는 모임인 듯했다. 우린 더 생각할 것도 없이 식당으로 들어갔다. 지친 몸에 민박을 고를 기운이 없었다.

식당으로 들어서니 구조가 바뀌어 있었다. 방이 있는 2층으로 올라가 전에 머물렀던 첫 번째 방에 들어갔다. 아래층 식당과 가게 구조만이 아니라 방 구조도 바뀌었다. 그 사이 방에 없던 에어컨과 텔레비전도 들어와 있었다. 방 세 개가 나란히 있었는데 가운데 방을 반으로 나눠 화장실과 세면실로 고쳐 놓았다. 그리고 결정적인 변화는 숙박비가 올랐다는 것이다.

방에 짐을 풀고 씻기 전에 저녁 식사를 먼저 했다. 된장찌개와 청국장 중 택일이다. 그냥 저녁 식사만 하기 아쉬워 막걸리 한 병을 시켜 놓고 하루를 마무리한다.

찾는 이가 많아 점점 변하고 있는 민박이지만 맛있는 시골 밥상은 그대로다

오늘 만난 금계–동강 구간을 한마디로 요약하자면 아마도 '변화'가 아니었을까 싶다. 지리산이 우리에게 길을 내어줄 때부터 예정된 것이었지만 길은 변하고 있었다. 평일에도 둘레길을 걷기 위해 찾는 많은 사람, 새로 생긴 장항교 앞 계란빵 트럭, 동강 숙소의 개보수까지 지금 둘레길은 빠르게 변하고 있다. 그것이 어떤 변화이든 막을 수는 없을 것 같다. 우리가 처음 지리산 둘레길의 그것을 보고 찾아온 것처럼, 막을 수 없는 변화가 죽어가는 변화가 아니라 많은 것을 살리는 변화이길 바랄 뿐이다.

배불리 저녁을 먹고 막걸리 한 잔까지 들이켜니 쌓였던 피로가 한 방에 밀려온다. 샤워하고 옷을 갈아입고 방에 누웠다. 텔레비전에선 9시 뉴스가 나온다. 그냥 잠자리에 들까 생각하다가 또

세상의 모든 일에는
좋은 것이 있으면
나쁜 것이 있게 마련이다.
동전의 앞면과 뒷면처럼...
지리산 길, 둘레길을
찾아 오면서
가장 많이 들었던
말 중에...
지리산 길 생기고서
길 중간 중간에
장사하는 사람들이
생겨서 걱정이야.
매실차 한 잔하고
가세요!
자연스럽게 있던 길 위에 장사하는 천막이 생겨서
멋진 자연 환경을 망친다고 볼 수 있다.

하지만 자연스럽게 생각해 보면 사람의 통행이 늘어나는 길에는
물건을 파는 사람이 생기는 건 당연한 일이다.

지하철에서 상행위는
아무리 불법이라지만
그걸 막을 수는 없다. 아니,
막을 수 없을 거다.

지구가
멸망하지
않는 이상.

아마도 지리산둘레길에
사람의 발길이 끊어지지
않는 이상 없어지지
않을 거다.

원래 여기 살던 분들이
다니던 길위에 지리산길을
이어놓았고 동네 사람들도
많은 것을 감수하고 허락을
했을 거다.

어쩌면 지리산에
크게 훼손을 가하지 않는 선에서
마을 주민들에게 도움이 되기도
할 거다.

한창 새벽에 잠이 깰까 봐 쉽게 잠을 청하지 못한다.

몰려오는 기세로는 다음 날 9시까지도 잘 것 같은데 경험상 그렇지가 않다. 오늘 특히 기분 좋은 졸음이 밀려오는 건 야간 행군 덕이다. 나름 둘레길 가이드를 자처한 탓에 실수라도 할까 긴장했는데, 생각보다 일찍 해가 떨어지고 예상치 못한 모험을 하게 된 것이 이번 걷기 행사의 하이라이트였다. 죽지 않을 만큼의 고생은 약간만 부풀린다면 무용담으로 남기기에 부족함이 없을 것이고 집에 돌아가서는 무료한 일상의 자양강장제가 된다.

잔뜩 무거워진 눈꺼풀을 들고 한 손에 리모컨을 이리저리 돌리며 너무 이른 잠을 이겨 보려 애썼다. 그런데 한쪽에서 갑자기 탱크의 무한궤도 돌아가는 소리가 들린다. 대필이 형은 잠과의 전투에서 장렬하게 전사했다. 배신감마저 들었다. 새벽 한 시든 두 시든 깨어나면 그때 가서 생각하기로 하고 백기 투항을 한다.

동강의 이른 밤 속으로 빠진다. 금계–동강 구간의 여행은 이렇게 막을 내리지만, 액션 어드벤처 둘레길 원정대의 주인공이 되어 모험을 떠나는 여행은 이제 막이 오른다. 아주 길고 재밌는 여행이 되길 바란다. 다시 잠에서 깰 때까지 말이다.

5

평온을 담는 길

동강 - 수철 구간

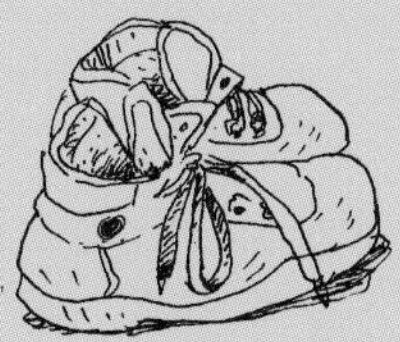

동강마을
점촌마을
산청·함양 사건 추모공원
방곡마을
상사폭포
쌍재
산불감시초소
고동재

■ 동강–수철 구간 미리보기

경상남도 함양군 휴천면 동강리와 산청군 금서면 수철리를 잇는 **약 12킬로미터**의 길이고 예상 소요 시간은 **5시간** 정도다. **동강마을–점촌마을–산청함양사건 추모공원–상사폭포–쌍재–고동재–수철마을**을 거친다.

서울에서 동강–수철 구간만을 따로 걷기 위해 온다면 함양에서 동강(원기마을 하차)까지 가는 버스를 타거나, 인월에서 금계마을로 가 동강 가는 버스를 타는 방법이 있다. 그리고 수철마을에서 시작한다면 산청에 도착해서 수철마을로 들어오는 버스를 이용하면 된다.

동강–수철 구간은 아름다운 계곡을 따라 산을 넘는 **산행**의 즐거움이 있는 구간이다. 4개의 마을을 지나며 조용한 산골 마을의 정취를 느낄 수 있고, 지리산 자락의 고요함 속에서 자신과 만나는 소중한 시간이 될 것이다. 이곳은 한국현대사의 아픔을 간직하고 있다. 한국전쟁 당시 산청 함양에서 일어난 대규모 집단 양민학살 사건의 추모공원이 조성되어 있다.

다른 구간들과 달리 이 구간은 전체적으로 계곡과 숲으로 이루어진 산행 구간이라는 점이 매력적이다. 숲길과 산행을 즐기는 둘레꾼이라면 꼭 추천하고 싶은 구간이다. 계곡을 따라 오르다 힘들 땐 사랑의 전설을 품고 있는 상사폭포 앞에서 휴식을 취한다면 산행의 즐거움이 더할 것이다.

산행 구간이지만 상대적으로 다른 구간에 비해 거리가 짧다. 그래서 아주 늦은 시간에 출발하지 않는다면 산행 중에 밤과 마주칠 일은 없다. 하지만, 왕산에는 **민박**이 없어 구간의 시작 지점인 동강, 점촌마을과 도착 지점인 수철마을에서만 숙박할 수 있다는 걸 잊지 말아야 한다.

공용 화장실은 추모공원과 고동재 삼거리에 있다.

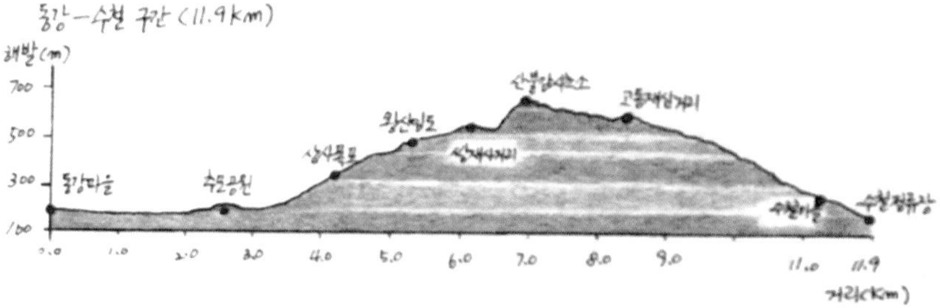

사람을 기다리고
사람을 만나기

동강의 아침이 밝았다. 간밤의 꿈이 기억나지 않을 정도로 간만에 숙면을 취했다. 어제 두어 시간 야간 산행을 했다는 게 믿어지지 않을 정도로 몸이 가뿐했다. 숙면이라는 혜택은 하루 동안 열심히 산 사람만이 받을 수 있는 선물이란 걸 새삼 배운다. 부끄러운 이야기지만 작품 구상이랍시고 빈둥거릴 때가 잦고 밤에 활동하는 야간형 인간인지라 쉽게 누리지 못했던 경험이다. 하여 지리산 둘레길을 방문하는 즐거움 중 하나가 바로 장시간의 행군 후 숙면할 수 있다는 것이다.

내가 일어나고 잠시 후 대필이 형도 눈을 뜬다.

"형, 컨디션이 어떠세요?"

"음, 뭐 걸어봐야 알겠지만, 푹 잤더니 몸이 개운하다."

"중간에 안 깼어요?"

"한 번 깼지. 식겁했어, 다시 못 잘까 봐."

"하하하. 나도 한 번 깼죠. 화장실이 급해서. 다행히 잠이 오더라고요."

동강에서 수철 구간은 산 하나를 넘는다. 평지를 걷는다기보다는 낮은 산을 등산한다고 봐야 할 것이다. 왕산의 계곡을 따라 올라 상사폭포를 만나고 쌍재와 고동재를 지나 수철마을로 하산하는 코스다.

"아, 어제 걸었던 건 참 특별한 경험이었어."

"그렇죠. 시골 산길을, 그것도 밤에 두어 시간 걷는 건 쉽게 경험할 수 없죠."

"서울에서 밤에 두 시간 이상 걸었다고 생각해 봐. 그럴 일도 없지만, 제정신으로 걷는 일은 아마 없지. 하하하!"

"군대 야간 행군 이후로 처음 아닐까요? 아니면 술 잔뜩 먹고 차비 떨어져서 걸었던 적 말고는 없죠."

일어나자마자 어젯밤 행군을 화제로 수다를 떨었다. 동강-수철 구간에서 또다시 어제 같은 행운(?)을 겪지 않으려면 부지런을 떨어야 한다. 우리는 잠자리를 정리하고 널어놓은 짐을 다시 챙겼다. 빼놓은 건 없는지, 숙소에 놓고 가는 것은 없는지, 그냥 버리고 가야 할 것은 또 없는지 매번 신경이 쓰인다.

잠시 후 아침 식사를 했다. 한 상 푸짐하게 나온다. 아침이라 약간 부담되는 양이기는 하지만 밥그릇을 싹 비우지 않으면 나중에 후회할 것이 불 보듯 뻔하다.

민박집을 나서 본격적인 걷기를 시작하니 9시가 가깝다. 인적이 드문 동강마을의 아침이 분주하다. 논과 밭에서 일하시는 농부들이 드문드문 보이고 느린 경운기를 몰고 일터로 바삐 움직이기도 했다. 지리산 둘레길 마을 대부분이 그렇지만 동강마을은 특히나 조용하다. 주민이 많지 않고 사람의 손이 덜 타서 농촌의 모습과 자연 그대로의 경관이 잘 유지되어 있다.

지난번 방문 때 길을 멈추고 그렸던 키 작은 슬레이트 지붕 집도 여전히 그 자리에 잘 지내고 있었다. 여러 겹 덧대어 얹은 슬레이트 지붕에 끌려 가던 길을 멈추고 스케치했었다.

동강마을의 논과 밭은 엄천강을 따라 길게 이어진다. 가을걷이가 끝나 빈 논이 있는가 하면 아직 베어지지 않은 누런 논도 보

인다. 한편에서 탈곡을 기다리는 볏단이 모여 있고 아까 경운기를 몰고 가던 농부가 경운기에 볏단을 싣고 있다. 한여름 찌는 더위에도 그렇지만 넓은 논에는 늘 농부 혼자 일하는 경우가 많다. 역시나 그 넓은 가을 논도 기계의 힘을 빌려 농부 홀로 수확을 한다.

"여기 이 논은 뭘 심으려고 다 갈아엎었을까요?"

"지금쯤 보리 같은 거 심지 않냐?"

"아, 보리! 그래, 전에 초여름에 왔을 때 벼처럼 노랗게 익은

지리산 둘레길의 사계절을 만난다.
파릇파릇하던 모가 탈곡을 기다리는
볏단이 되었다.

보리들이 있던데 정말 보리를 심는 건가 봐요."

"그래서 보리는 기운이 차다고 하잖아."

"예?"

"가을에 심어서 찬 겨울을 나고 늦은 봄에 수확해서 찬 성질을 가진대."

"아, 그래서 찬 기운, 따뜻한 기운 그러는구나. 쌀은 한여름을 지내고 수확하니까 따뜻한 성질을 가지고. 근데, 뭐 요즘은 하우스에서 재배하는 농산물이 많잖아요."

"그래도 쌀이나 보리는 하우스에서 재배 못하잖아."

몇 해에 걸쳐 둘레길을 방문하다 보니 이제 지리산의 사계절을 모두 보게 되었다. 그때마다 카메라를 들고 둘레길을 담았다. 흔히 얘기하는 '인증샷'이라고 해야 할까? 그런데 얼마 전 둘레길 사진을 오랜만에 꺼내어 보니 그 안에 사람은 없고 길, 풍경, 지형과 유적이 전부였다. 순례와 명상의 기분으로 길을 걷긴 했지만, 사람과의 이야기가 없다는 게 아쉬웠다.

카메라뿐 아니라 사람의 눈으로도 낯선 이에게 시선을 보낸다는 건 서로에게 어색하고 불편한 행동이다. 도시에서 온 사람이 마을 주민을 대상으로 카메라 셔터를 눌러대는 행동을 할 수가 없었다. 단순히 용기나 배짱이 부족해서는 아니었다. 누군가 나를 뚫어져라 쳐다보고 있어도 따가운 시선이 느껴지는데, 만약

내가 일하는 모습을 누군가 멀리서 찍고 있다면 분명히 그 시선이 불편할 거다. 소심한 트리플 A형 인간이라면 그 자리를 피할 것이고, 쳐다보는 사람이 만만하다 싶으면 육두문자라도 퍼붓지 않을까?

인터넷 신문사에서 기자로 일하는 선배로부터 다큐멘터리 사진작가 이야기를 들은 적이 있다. 그 작가는 탄광촌 사진을 찍기 위해 오랜 기간 그곳에 거주하며 마을 사람들과 친분을 쌓는 시간을 가진다고 한다. 여행 서적을 보면 작가가 현지 사람들과 찍은 사진들을 자주 볼 수 있다. 예전엔 너무나 당연한 사진들이라고만 생각했는데, 내 경우를 떠올려 보니 그 사진들이 긴 고민의 과정을 거쳐 나온 산물이라는 걸 새삼 느낀다. 사람들의 미소를 끌어내는 작가의 기술은 정말 대단하다.

산청함양사건 추모공원에서

동강마을을 지나 점촌마을로 들어서자 오른쪽에 큰 바위 하나가 보인다. 주변은 온통 밭과 풀이지만 그 모양이 눈길을 끈다. 안내센터의 소개에는 '신틀 바위'라고 나와 있다. 옛날 짚신을 만들 때 사용하던 틀과 닮아서 붙여진 이름이다. 신틀을 본 적이 없어 감은 안 오지만 누가 가져다 놓은 듯 떨어져 있는 것이 신기해 보이기도 한다.

신틀 바위를 지나 도로를 따라 올라갔다. 점촌 마을로 들어서니 길 양옆으로 듬성듬성 논밭과 집들이 있다. 앞은 첩첩산중 산골 마을로 들어가는 길이다. 몇몇 둘레꾼을 빼고는 마을 사람들이 보이지 않지만, 가끔 빈 논에 모락모락 연기가 피어오르고 어디선가 뚝딱거리는 소리가 들려오곤 하는 것으로 마을 어딘가에 사람들이 있는 걸 알 수 있을 뿐이다.

길을 따라 20여 분을 가니 방곡마을이 나오고 길 오른편으로

기와를 얹은 커다란 문이 보였다. 정면엔 장승과 많은 수의 솟대가 세워져 있고, 두 개의 장승 가운데 커다란 돌에는 '산청함양사건 추모공원'이라고 새겨져 있다.

규모가 대단히 크다. 이런 산골에 이렇게 큰 기념관이 있을 거라고 생각도 못했다. 원래 산청함양사건 추모공원이 이곳에 있다는 걸 알고 있었는데, 방곡마을로 들어서기 전 길옆에 세워진 추모 비석이 그것이라 생각했었다. 그간 우리 현대사와 정치 상황을 생각해 보면 양민 학살 사건의 추모공원을 이 정도 규모로 지었을 거라고는 생각하지 못했기 때문이다.

2,3층 높이의 문은 기둥과 기와지붕이 웅장했고, 입구의 정면으로 보이는 50미터가 넘는 계단, 그리고 그 위의 추모탑은 국립묘지에 온 것 같은 생각이 들 정도였다.

그리고 정문을 바라보고 왼편에는 산청함양사건 교육관이 있다. 안에는 사건의 개요, 양민학살을 명령한 사람들, 피해자들의 신원 등 여러 가지 기록을 전시했고 사건의 상황을 그림으로 묘사하고 있다. 이 그림을 그린 사람이 아는 이라 반가웠다. 4·3 사건과 노근리 사건 등 이념의 갈등 속에서 생긴 억울한 희생에 관심을 두는 선배 만화가의 작품이었다. 선배의 작품을 이곳 지리산 둘레길에서 볼 수 있을 거라고는 예상하지 못했는데, 그 선배를 타지에서 우연히 만난 듯 반갑기도 놀랍기도 했다.

비극적인 현장에서 다시 전쟁을 생각한다. 전쟁이라는 야만적 폭력이 21세기인 현재에도 전 세계 곳곳에서 벌어지고 있다. 그리고 잠시 멈췄을 뿐 우리는 아직도 전쟁 중이다. 어떤 전쟁이든 승자는 없다. 모두가 피해자일 뿐이다. 그 피해는 이념이나 전쟁의 명분과는 무관한 이들의 몫이 된다.

이곳 추모 기념관의 크기에 놀랐지만, 전쟁이 끝나고 50여 년이 넘도록 억울한 진실을 숨기고 살아야 했던 피해자와 그 가족들의 한의 크기를 생각한다면 기념관의 규모는 작은 것일지도 모르겠다. 그리고 비극적인 역사가 다시는 반복되지 않도록 우리가 가져야 할 책임의 크기라는 생각이 들었다.

잠시 화장실을 이용하고 벤치에 앉아 쉬었다. 이런 깊은 곳에 누가 찾아오나 했는데 길을 걷는 둘레꾼 대부분이 그냥 지나치지

산청함양사건 추모공원에서 숙연해지다.

않고 잠시 머문다.

시간을 보니 10시가 가까웠다. 추모 기념관을 떠나 맞은 편 왕산을 향해 갔다. 길 건너 쉼터를 지나 개울을 건너니 왕산 입구를 가리키는 이정표가 보인다. 둘레길의 공식 표지목이 그간 비바람에 많이 낡았는지 같은 위치에 나란히 두 개의 이정표가 더 늘었다. 마치 길목에서 자기네 식당으로 들어오라고 호객행위를 하는 호객꾼들 같아 보였다.

오르막 다음엔
반드시 내리막이

왕산 표지판을 따라가니 계곡이 시작됐다. 산자락과 산자락이 가깝게 붙은 것이 한눈에 보아도 깊은 계곡이다. 계곡으로 진입하기 전 작은 밭과 비닐하우스가 보인다. 그리고 뽕나무도 있다. 뽕나무를 보니 전에 살던 집이 생각났다.

"예전 살던 집에 마당이 있었는데, 지금 생각해 보면 그때 우리 집에 있던 나무가 뽕나무였던 것 같아요. 때가 되면 나무에 징그러운 벌레들이 나뭇잎을 갉아 먹었던 기억이 나요."

"마당이 얼만 했는데?"

"작은 차 한 대 들어올 정도? 그래도 목련이랑 작은 단풍나무도 있었고 봄에 꽃도 피고 그랬는데."

"나도 초등학교 들어가기 전에 목포에서 살았는데 집에 정원이 있었지. 그냥 마당이 아니고 저 푸른 초원이었는데 그걸 팔고 서울로 왔어."

“날 좋으면 고기 구워 먹고 더운 날엔 돗자리 펴놓고 잠도 자고 그래서 마당이 좋았어요.”

“아파트에서는 자기 집에서 삼겹살 구워 먹어도 옆집 눈치 봐야 하잖아. 냄새 때문에.”

“형은 지방으로 가서 살 생각은 굳은 거예요?”

“갈 수 있으면 가면 좋지.”

“가서 계속 글 쓰면서? 그래도 서울은 왔다 갔다 해야 하잖아요?”

“음. 어디든 가면 할 일이 없겠냐? 15년을 방송작가를 했는데 안 되면 글짓기 선생이라도 하면 되겠지.”

“가게 되면 지방 소도시? 아니면 이런 산골 마을?”

마당 있는 시골 마을에 살고 싶다는
막연한 생각.
도시보단 낫지 않을까?

"글쎄, 딱히 생각나는 데는 없는데. 뭐 정태가 사는 구례 정도면 괜찮지 않을까? 전라도가 고향이니 정서적으로 친근하고 인맥도 있으니까."

"후배 고향이 순천인데 지금 서울에서 사는 전세금 빼면 거기선 대출금 갚고 살 집도 마련한다는 것 같아요."

"서울은 집값이 너무 비싸."

대필이 형은 얼마 전부터 직업이나 생활을 바꿔야겠다는 생각을 해오고 있었다.

"어? 형, 이 소리 안 들려요?"

"무슨 소리?"

"딱따구리가 나무 쪼는 소리, 딱딱딱딱!"

"못 들었는데."

"아빠 딱따구리가 아침부터 새집 짓는 소린가? 아니면 새끼들 먹여 살리는 소린가?"

"혹시, 용유담에서 떠난 그놈 아닐까? 하하하."

둘레길을 걷다가 가끔 귀촌에 대해 생각한다. 여유 있는 전원생활을 즐기거나 농사를 짓겠다는 건 아니다. 애초에 '여유 있는' 전원생활을 할 만한 경제적 능력도 안될 뿐더러 농사지을 재주가 없다는 주제도 잘 파악하고 있다. 귀농하거나 오래전부터 농촌에 터전을 잡은 지인들의 사는 모습을 보면 그래도 도시보다는 사는 게 팍팍하지 않겠다는 생각 때문이다.

한편, 귀농한 사람들은 만만치 않은 농촌 생활의 속사정을 이야기해 주기도 한다. 오랜 시간 단단한 공동체로 묶여 있는 시골 마을은 외지인이 들어왔을 때 마을 구성원으로 인정하는 데 꽤 오랜 시간이 필요하다고 충고한다.

해병대건 특공대건 '가장 고생스러운 부대는 내가 나온 자대'라는 말이 있는데, 도시건 농촌이건 어디든 어려움이 있을 거란 짐작은 해본다. 귀촌에 대한 생각이 내 의지라기보다는 왠지 도시에서 조금씩 쫓겨나는 기분 때문인데 다른 곳에서도 섞이기 어렵다니 오르막을 오르는 것 같다. 산에선 오르막이 힘들다.

오르막에 오른다는 것은 동강-수철 구간의 본격적인 출발이란 얘기다. 이 산을 넘어야 구간이 끝나기 때문이다. 그건 내리막 없이는 끝나지 않는다는 말이기도 하다. 아무리 해야 할 많은 일을 두고 오고 골치 아픈 생각이 있어도 둘레길엔 나를 무능력하게 만드는 마법이 있다. 숨을 헐떡거리며 오를 때면 갑갑한 생각도 오래 머물 수가 없다.

상사폭포 전설보다
연애가 더 어려워

마법에 제대로 홀렸는지 봄꽃과 가을꽃이 참 다르게 생겼다는 당연하고 멍청한 생각을 한다. 좁고 길게 이어진 오솔길 왼쪽으론 계곡물이 흐르고 오른쪽 산엔 나무가 울창하다. 계곡 물소리가 지난 봄 물소리보다 우렁차고 더 깊어 보인다. 길에는 무성한 풀과 가을꽃들이 카퍼레이드를 환영하는 사람들이 태극기 흔들 듯 바람에 한들거린다. 단풍도 불꽃처럼 안에서 밖을 향해 타오르고 있다. 밖에서 보이지 않던 단풍의 불길이 보인다.

계곡을 오르다보니 어느새 앞에 상사폭포가 보였다. 상사폭포를 볼 수 있도록 계곡으로 길이 나 있고 작은 길 입구에 상사폭포의 전설이 소개되어 있었다. 게시판에 적혀 있는 소개 글을 그대로 옮겨 보겠다.

"상사폭포의 전설–옛날 오랜 옛날 한 남자가 너무나도 속으로만 사모하던 여인네를 못 잊어 상사병에 걸려 죽고 말았는데 남자는 여인네를 못 잊어 다시 뱀으로 환생하여 옛날 좋아하였던 여인의 몸속으로 뱀 꼬리를 감추며 들어갔는데 놀란 여인은 손으로 뱀을 뿌리쳐 죽게 하였는데 그 뱀이 떨어져 죽은 자리에 바위로 변해 상사계곡으로 계속 이어졌다고 전해져 내려오고 있으며 현재까지도 서로 떨어지기가 싫어서 상사폭포는 여인이 변한 바위로, 상사계곡은 남자가 여인네를 못 잊어서 화려한 계곡의 바위 모습으로 변하였다고 내려오고 있는 전설입니다."

"이게 뭔 소리야?"

"그냥 '바위로 변했다'에서 끝나면 됐는데……. 할 말이 많았나 봐요."

잠시 상사폭포 앞에서 숨을 돌리기로 했다. 계곡 안으로 들어가니 안쪽은 평평하고 넓은 바위로 되어 있다. 여러 명이 쉬기에도 안성맞춤인 계곡엔 아주머니 수십 명이 미리 자리를 잡고 수다를 떨고 있었다. 들어오기 전부터 아줌마들 웃음소리로 시끄러웠다.

"아주머니들 가을 단풍 구경 오셨나 봐요."

"아마 들통 한가득 곰국 끓여 놓고 오셨을 거야."

"하하하."

"아는 사람 부모님께서 서울 집을 정리하고 시골에서 전원생활을 하신대. 근데 아주머니는 아저씨 드실 음식 해놓고는 동창

상사폭포 앞에서.

단풍 구경 나오신 아주머니들. 울긋불긋 둘레길.

회다 계모임이다 여기저기 놀러 다니시느라 바쁘대."

"나이 들면 엄마들 힘이 세지죠."

"근데 하루는 아저씨가 자기도 데리고 가달라고 하더래. 심심하다고."

"아줌마들 노는 데서 뻘쭘하게."

"그러게. 오죽 심심했으면 그냥 가만히 있을 테니까 데려가라 하더래."

"전에 우리 독일 갔을 때 그 할아버지 생각나요."

"그래. 혼자 걸어서 독일 횡단하시던."

"그러고 보니 구간을 정해 놓고 횡단하고 있으니까 둘레길 걷는 거랑 비슷하네요."

"그때 그 할아버지가 그랬잖아. 자기 혼자 걷는데 일정 끝나면 할머니가 차 몰고 데리러 온다고."

"유럽 사람들은 결혼하고도 개인 취향을 응원하고 존중해 주는 게 부러워요."

"문화가 다르고 역사가 다르니까 그렇다 치고, 우린 결혼하고 나면 '나'는 삭제해야 하잖아."

"연애할 때도요. 존재보다 관계를 사랑하는 거 같아요."

"존재보다 관계라. 흠."

"100일이다 200일이다 밸런타인데이다, 그런 거 안 챙기면 사랑하지 않는 거잖아요. 그럴 땐 그 사람이 좋아서 만나는 건지 연애 놀이가 좋아서 만나는 건지 모르겠다니까요."

"만나고 왔는데 집에 가서 또 전화해야 해. 온종일 말해서 할 말도 없는데."

"드라마가 다 망쳤어요."

연애는 정말 수학보다도 어렵다. 그래서 결혼한 어떤 선배는 수학처럼 외우라고 한다. 어느 땐 정말 화성인과 금성인이 만난 것 같이 대화가 안 되다가도 서로 살을 비비고 싶은 게 연애다. 분명히 이별의 지긋지긋한 상처를 알고 있으면서도 또다시 스스로 그 고해의 바다로 뛰어든다.

"예전에 드라마를 봤는데 시골에 남자 선생님이 전근을 온 거야. 그 동네에 처녀 한 명이 살아. 그리고 서로 어떤 썸씽도 없어. 그런데 선생이 전출을 가. 그리고 갑자기 처녀가 앓아눕더니 시름시름 앓다가 죽어. 그게 끝이었어."

"우와! 대단한데요? 군더더기 없이 확실하네."

"상사병은 약도 없고 치료도 못 한대."

"사랑이 이루어져도 골치 아프잖아요. 사랑은 약도 없고 치료도 못 하는 거지."

"그러니까 이 바보 같은 남자는 죽어서 뱀으로만 변했으면 됐지. 왜 또 그리 기어들어가서 두 번 죽어."

"이건 상사폭포 전설이 아니라 자살 특공대 이야기네."

"하하하."

아이러니하다. 연애를 안드로메다 수학 공식 외우는 것만큼 어려워하면서도 지금 내 옆에 중년의 아저씨가 아니라 여인이 있었으면 하는 아쉬움을 품는다. 역시 사랑이라는 주제는 할 얘기가 많다. 남정네 둘이 떠들다보니 30여 분이 훌쩍 지나갔다. 다시 부지런을 떤다. 시간이 정오로 향하니 계곡으로 들어오는 사람, 또 수철로 향하는 둘레꾼들이 조금씩 늘어났다.

지구 최상이거나 바이러스이거나

계곡을 나와 상사폭포 꼭대기에 올랐다. 아래서 보기엔 작아 보이던 폭포가 제법 크고 그 높이도 상당하다. 밑을 보니 아찔하다. 폭포를 앞에 두고 건너편 산에 아주 커다란 절벽 바위가 보인다. 대필이 형이 종 복원에 관한 다큐멘터리 작업을 하면서 공부한 이야기를 꺼낸다.

"저런 바위가 수리부엉이가 살기 적합하지."

"부엉이 바위라는 이름이 많은 게 부엉이가 사는 바위라서 그렇군요."

"수리부엉이는 높은 절벽의 저런 바위에 상상도 못할 둥지를 짓고 새끼를 키워."

"수리가 붙는 거 보니까 독수리 같은 맹금류인가 봐요."

"아마 우리나라에 서식하는 동물 중에서 가장 최상위 포식자일걸."

"그럼 크기가 아주 큰가요?"

"수리부엉이보다 조롱이나 매 같은 다른 맹금류가 작다는 게 더 놀랍지. 지상에는 '삵'이 있지만, 상대적으로 약한 존재야."

"그러고 보니까 삵 말고 다른 육식동물이 없네요."

"날짐승은 상당히 넓은 서식지가 필요해. 보통 지상의 동물들도 한 마리가 차지하는 영역이 수십 킬로미터인데 새는 얼마나 넓겠어."

"새들은 서식지를 막는 게 없잖아요?"

"삵이나 수달은 댐이나 도로가 서식지를 차단하는데, 야행성인 수리부엉이는 불빛이 차단벽이 돼. 그리고 차 불빛을 보고 쫓아가다 순식간에 들이받아 죽고 그러지."

몇 년 전 '로드킬'에 대한 작업을 했었다. 동물들이 국도나 고속도로에서 차에 치여 죽는 것을 말하는데, 동물들이 멍청해서 죽는 것이 아니라 사람의 편의대로 산을 자르고 뚫고 길을 내기 때문에 서식지가 잘려나가 죽는 것이다. 사람으로 말하자면 집 안방과 부엌 사이에 도로가 생긴 것이다. 방에 있다가 밥 먹으려면 4차선 고속도로를 건너가야 한다.

더 답답한 건 적어도 내 머리로는 뾰족한 답이 없다는 거다. 동물들의 밥줄을 끊지 않고 사람과 같이 사는 법을 말이다. 길을 안 낼 수도 없고 밤에 불을 안 켤 수도 없는 노릇이니. 결국엔 지구

최상위 포식자는 인간이 되었다. 인간까지 먹이 사슬의 구조에 넣는다면 언젠가는 인간 외의 모든 동물이 사라질지도 모르겠다.

영화 <매트릭스>의 대사가 생각난다. 스미스 요원이 모피어스를 잡아 고문하면서 이런 말을 한다.

“내가 그동안 이곳에 있으며 깨달은 진리를 하나 가르쳐 주지. 너희 종족을 어떻게 분류할까 생각하다가 영감을 얻었어. 너희는 포유류가 아니었어. 지구 위의 모든 포유류는 본능적으로 자기가 사는 환경과 조화를 이룰 줄 아는데 너희 인간은 그렇지 않거든. 너희는 어떤 장소로 옮기면 그곳에서 번식해서 그곳의

자원이 바닥날 때까지 번식을 계속하지. 그래서 생존할 수 있는 단 하나의 방법은 또 다른 장소로 퍼지는 거야. 지구에 또 하나 이런 패턴을 따르는 생명체가 있지. 그게 뭔지 아나? 바이러스야."

11시, 수리부엉이 이야기를 하던 바이러스 두 마리는 어느덧 쉼터에 도착했다. 이곳 이후로는 쉼터가 없으니 조금 이른 시간이지만 점심을 먹고 출발하기로 했다. 역시나 사람이 많아졌다. 테이블도 늘어나고 메뉴도 늘어났다. 사장님 수입도 늘었겠다. 라면 두 그릇과 막걸리 한 병을 주문했다. 라면 국물에 막걸리까지 들어가니 제법 배가 부르다.

식사를 마치고 빈 생수병에 물을 얻어 채우고 다시 길을 떠난다. 쉼터 바로 옆 계단에 오르면 쌍재로 가는 임도가 나온다. 포장된 도로는 아니지만 차가 다닐 수 있을 만큼 폭이 넓다. 쌍재는 예

오르락내리락 고갯길 중간, 전망이 탁 트인 산불감시초소.

전 함양군 휴천면 쪽에서 산청군으로 가던 상당히 큰 길이었다. 그래서 큰 주막과 마을을 이루고 살았다고 한다.

쌍재 방향 임도를 가다 고동재로 가는 둘레길 표지목이 나온다. 고동재 방향으로 들어서면 다시 숲으로 둘러싸인 오솔길이 이어진다. 둘레길 어떤 길이든 예쁘지 않고 정이 안 가는 길이 없지만, 특히 이곳은 지난 초여름에 왔을 때 스케치북에 담아 두었다.

쉼터에서 식사를 마치고 한 시간 여 숲길을 오르락내리락 하다 보니 산불 감시 초소에 도착했다. 꼭대기에 평탄한 공간이 있고 그 가운데 감시 초소가 있다. 역시 산불을 감시하는 초소답게 동서남북 사방 시야가 확 트이고 산자락과 사이에 자리 잡은 마을들이 눈에 들어온다. 이번 구간의 도착지인 수철마을도 눈에 보인다. 멀리는 산청까지 보이는 듯 했다.

하천을 끼고 분지가 형성되고 그 가운데 마을이 자리 잡고 있다. 집은 드문드문 보이고 대부분 논과 밭이다. 사람들은 확 트인 풍경을 카메라에 담느라 정신이 없다.

파노라마 감상을 마친 후 고동재로 향한다. 산불 감시 초소를 벗어나자 아래쪽이 시끌시끌하다. 지나오면서 봤던 아줌마 부대가 삼삼오오 지나가다 점심때가 되니 이곳에 자리를 잡고 점심을 먹는다. 족히 백 명은 되는 것 같았다. 싸온 도시락이 화려하다. 쌈에 고추에 색색의 반찬이 푸짐하다. 음식 냄새에 웃음소리에

쌍재에서 고동재 가는 오솔길

이야기 소리로 시끌벅적 시장 한복판 같다.

산불 감시 초소에서 고동재까지는 오르락내리락 변화의 폭이 크다. 그래도 결국 내려가는 과정이다. 숲길을 오르고 내리고 휘어감아 걷다 보니 어느새 고동재 삼거리에 도착했다. 시간을 보니 오후 1시 15분이다.

삼거리, 네거리는 도시든 산이든 사람이 많다. 이곳도 쌍재처럼 길이 넓다. 숲길에서 벗어나 이제 계속해서 내리막길이라 쉬어가는 사람들이 많다. 오봉리 쪽 길에는 전에 볼 수 없었던 쉼터가 생겼다. 막걸리 한 잔과 요기를 하는 사람들로 북적인다. 수철리로 내려가는 길 공용 화장실에는 생리현상을 해결하려는 사람들로 장사진이다.

우리는 사람들을 지나쳐 계속 전진했다. 포장되지 않은 길로 구불구불 산세를 따라 내려간다. 숲은 단풍으로 물들고 있었다. 이곳에 오니 제법 지리산도 가을 같아 보였다.

수풀이 우거졌던 지난 초여름에도 딱 이 시간이었던 것 같다. 오후 태양이 뜨거웠다. 아무도 지나지 않는 굽이치는 내리막길이 맘에 들어 의자를 펴고 스케치를 하기 시작했다. 스케치북의 왼편부터 차근차근 풍경으로 채워가고 있었는데 숲 어딘가에서 바스락거리는 소리가 들리기 시작했다. 바람 한 점 없는 여름 오후, 소리는 더 크게 들렸고 앞쪽에서 들려오던 것이 점점 가까워져 마침내 바로 옆에서 들렸다.

고개를 돌려 오른쪽 숲을 보니 조그만 다람쥐 한 마리가 온 숲을 돌아다니며 먹을 걸 찾고 있었다. 혹시 뱀이 아닐까 내심 불안했는데 다행이었다. 그놈은 내 옆쪽으로 와서도 별로 신경 쓰는 것 같지 않았다. 날 사람으로 봐주지 않는 다람쥐 녀석이 고마웠다.

예습 없는 여행에서 생긴 고향
– 수철마을

여행을 즐기는 사람마다 성향이 다르겠지만 난 여행을 떠날 때 사전 정보를 완벽히 검토하고 출발하는 스타일이 아니다. 가는 교통편과 대강의 위치 정도만 확인하고 갈 뿐이다. 다른 이유가 있어서는 아니고 여행지에 도착하기도 전에 힘을 빼는 게 싫어서다. 내가 이토록 방심하는 또 하나의 이유는 말이 통하고 전화도 되는 대한민국이기 때문이다.

아주 오래전 '아는 만큼 보인다'는 주제의 답사기가 폭풍 같은 인기를 끌며 정보를 쏟아냈는데, 그래서인지 정작 여행지에선 크게 감동하지 못하고 건성으로 지나가는 일이 많았다. 나쁜 게 있으면 좋은 게 있기 마련. 준비 없이 갑자기 떠난 여행은 돌아가서 풀어놓을 이야기보따리를 한 아름 선물하기도 한다. 그릇이 비어 있어야 뭔가 새로 담을 수 있듯이 말이다.

단점이 있다면 사전에 고생할 각오를 좀 해야 한다. 그리고

무작정 떠나온 길은 설렌다. 모험이냐 고생이냐 그것이 문제다.

경제적으로 넉넉지 않다면 체력을 넉넉히 준비해야 한다. 그도 저도 아니면 평소에 전국 방방곡곡 인맥 관리를 잘해 놓는다. 그러면 '예습 없는 여행은 할 얘기가 많다'는 말의 의미를 충분히 즐길 수 있을 거다.

그리 거창한 것은 아니다. 수철마을 가는 내리막길에서 만난 둔감한 다람쥐 이야기, 도무지 이해할 수 없는 상사폭포 전설, 수리부엉이가 살 것만 같은 바위 절벽 이야기. 뭐 이런 것들이 백지 위에 채워 가는 이야기들이다.

한참 내리막을 걷는데 어디선가 매미 소리가 들린다.

"지구 온난화가 무섭긴 무섭네요."

"왜?"

"지금이 10월 중순인데 아직도 매미가 우네. 저 봐, 매미 소리 들리잖아요."

"저게 무슨 매미 소리야?! 그냥 풀벌레 소리지."

오해하지 마시길. 이 대화는 준비 없는 여행의 예가 아니라 그냥 무식한 거다.

마을이 보이기 시작한다. 집 몇 채와 밭에 심어진 작물들이 보인다. 이곳에도 '눈으로만 봐 주세요'라는 경고문이 있다. 가을에 영근 열매라는 것은 누가 봐도 따고 싶은 마음이 들게 하나 보다. 한쪽 밭에는 배추들도 보인다.

좀 더 가다 보니 아직 수확하지 않은 벼들이 있다. 그런데 가까이 보니 벼가 아니다.

"형, 이게 뭔지 알아요?"

"글쎄, 나도 모르겠는데."

그때 앞서 가던 아저씨가 율무라고 말해 주신다. 율무가 줄기에 붙어 있는 것을 태어나서 처음 봤다. 이 열매를 타작해서 어떻게 해야 우리가 먹는 율무차가 되는지는 감이 안 오지만 율무를 처음 본 감격스러운 날이다. 율무차를 즐겨 먹지 않았는데 직접 율무 밭을 보니 괜히 미안한 마음이 생긴다. 앞으로 자판기를 찾을 일이 있을 때 커피 대신 수철마을 율무를 생각하며 율무차를 마셔야겠다는 다짐을 해 봤다.

수철마을은 본래 산청군 금석면의 지역으로, 무쇠솥이나 농기구를 만들던 철점이 있던 동네라서 무쇠점 또는 수철동이라 불렀다고 한다. 철로 유명한 가야왕국이 마지막으로 쇠를 구웠다는 전설이 있는 곳이다.

이제 집들이 옹기종기 모인 마을 안으로 들어오니 길가에 있는 집에서는 민박 간판을 달고 대문을 열어 두었다. 집에서 직접

재배한 콩, 말린 나물, 효소, 과일 등을 판매하고 있다. 이제 이런 모습은 남원의 주천에서부터 경상남도 산청의 수철마을까지 흔한 모습이 되었다. 아주머니 둘레꾼들이 관심을 보인다.

마을 가운데로 개천이 흐르고 개천가에는 커다란 밤나무가 그늘을 만들어 준다. 마을 정자나무 역할을 하는 듯 나무 밑에는 마을 사람들이 앉아 쉴 수 있도록 의자가 있다. 여전히 마을 사람과 둘레꾼들이 섞여 나무 아래서 휴식을 취하고 있다.

지난번 왔을 때 오후 서너 시쯤 이곳을 지나다 먼 산을 바라보며 이야기를 나누는 동네 할머니 두 분을 만났다. 나도 잠시 쉬면서 마을 풍경을 담으려고 자리에 앉았다.

개천을 따라 자리한 집들은 내리막에 짓느라 돌로 축대를 쌓고 시멘트 블록으로 만든 담과 주름 잡힌 슬레이트 지붕을 갖고 있어 아기자기한 재미가 있다. 이런 농촌의 집들이 내 시선을 사로잡는다. 잠시 앉아 스케치하고 있는데 내 그림을 보시던 할머니께서 한마디 하신다.

"아니, 썩은 담벼락은 왜 그리노?"

"네, 이런 건 서울에서는 구경 못해서요."

"그럼 이거 몽땅 사가소."

"하하하. 그럴 돈은 없어요."

할머니의 즉흥적이고 꾸밈없는 농담이 유쾌했다. 할머니 얘기처럼 몽땅 사갈 수 없으니까 도시에서 탈출해 귀농하고 귀촌하는 사람들이 많이 생기나 보다. 정말 서울 한복판으로 이 집들을 옮겨 짓는다면 새로운 스타일의 집이 될 것 같다. 그러나 이 집들을 그대로 지으려면 땅값이 어마어마할 거다.

초등학교 때 방학이 되면 많은 친구가 시골 친척집에 가거나 할머니, 할아버지 댁에 갔다. 그곳은 대부분 부모의 고향이기도 하다. 개학하면 친구들이 새까맣게 그을린 모습으로 시골에서의 무용담을 늘어놓는 게 나에겐 부러움의 대상이었다. 왜냐하면, 난 한 번도 그런 경험을 한 적이 없기 때문이다. 부모님의 고향이 서울도 아니었고 시골에 친척이 살고 있었는데도 한 번도 간 적이 없다. 방학뿐 아니라 명절에도 늘 집에서 우리 가족끼리 시간을 보냈다. 그래서 친구를 친척이라 생각하면서 명절에는 친구들과 시간을 보냈고 지금도 친척과의 내왕보다 친구들과의 정서적 유대가 깊다.

그러던 내가 이렇게 둘레길을 알게 되고 길을 걸었던 경험을 글로 쓰고 있다. 유년기와 청소년기의 부러움을 모두 보상이라도 하듯 시골 친척집이 생기고 고향이 생긴 거다. 지리산 둘레길은 내겐 그런 감정이다.

한 번 두 번 찾아갈 때마다 익숙해지고 같은 민박에 묵게 되고 민박집 식구들이 먹는 저녁 밥상에 숟가락 하나 더 얹어 함께 식사하면서 어린 시절 한(?)을 풀고 있다. 마음이 무거울 때 아무 준비 없이 가도 둘레길은 내게 아무것도 바라지 않는다. 그냥 그곳에 간 것만으로도 위로가 된다. 고향이라는 경험이 없는 나는 아마 이런 곳이 고향일 거라는 생각을 해 본다.

둘레길은 둘레길에만 있는 것이 아니다

수철마을 마을회관에 도착했다. 종착점인 그곳엔 일정을 마친 둘레꾼들로 가득하다. 지리산이 허락한 길은 아직 이곳까지다. 집으로 가려는 단체 버스와 승용차들이 빽빽하다. 지난 번엔 없던 택시들도 많다.

우리는 버스를 타고 산청으로 나가 인월로 가려고 했다. 버스 시간이 어떻게 되나 궁금해 하고 있는 차에 마침 밀짚모자를 쓰고 목에는 버스 시간표를 두른 돌장승 샌드위치맨(?)이 미소를 머금고 시간을 안내하고 있는 것이 보인다. 센스 작렬이다. 시간표를 보니 마침 버스가 떠났고 다음 버스를 기다리려면 한 시간 정도 있어야 해서 택시를 이용했다.

"와! 많이들 오네요. 택시도 많아졌네요?"

"내가 수철마을에 살거든요. 얼마 전까지 여기 택시는 나 혼자였는데 이제 이쪽으로 오는 기사들이 네댓 명 되죠."

"평일 이 시간엔 정말 쥐 죽은 듯 조용했는데."

"텔레비전에 나오고 나서 많이 늘었어요."

"그 프로그램, 참 오고 싶게 만들어요. 그렇죠?"

수철마을에서 산청터미널까지 멀지 않다. 기사 아저씨와 잠깐 이야기하는 사이 터미널에 도착했다. 그래도 택시비는 7천 원이 넘게 나왔다. 인월행 버스 시간을 보니 10여 분 후면 도착한다. 인월까지 버스비는 4천4백 원이다. 버스를 기다리느라 잠시 앉아 있는데 가을 태양이 뜨겁다. 이틀간 강행군에 몸이 나른해진다.

버스 도착시간을 알려주시는 친절하지만 과묵한 분.

버스가 도착했다. 인월에서 서울까지 가야 하지만 일정을 무사히 마쳤다는 생각에 졸음이 밀려왔다. 잠시 눈을 뜨니 함양에서 사람을 태운다. 그리고 다시 인월로 향했다. 40분 정도 걸리는데 정말 눈 깜빡하니 인월에 도착했다.

차를 주차해 놓은 안내센터 주차장으로 향했다. 주차장에도 이제 떠나려는 사람과 집으로 돌아가려는 사람들로 북적거린다. 마당에 직접 농사지은 밤과 감을 파는 부부가 있다. 감이 맛있어 보인다. 마침 시식을 하라며 한 조각 떼어 주는데 맛이 좋다. 우리는 망설임 없이 감 한 상자와 밤을 사서 나눠 가졌다. 명절을 마치고 시골집에서 돌아올 때 할머니가 양손 가득 주시는 음식 보따리를 빼놓을 수 없을 거다. 선물을 받은 건 아니지만, 지리산에서 자라고 직접 수확한 감이라 마치 그런 기분이 들었다.

먼 길을 돌아 집으로 왔다. 둘레길에서의 감격이 다 가시지도 않았는데 어느새 겨울이다. 겨울잠에 드는 지리산 반달곰처럼 둘레길도 겨울 동안 숙면이 필요하다. 그래야 따뜻한 봄이 되면 많은 사람들을 받아들일 수 있다. 그리고 지리산의 허락이 있다면 이 겨울이 지나고 봄바람이 불 때는 새로운 구간이 열릴지도 모르겠다.

앞으로 열릴 그곳은 어떤 모습일지 궁금하다. 다섯 구간 어느 곳도 같은 곳은 없었다. 어느 구간이 제일 맘에 드냐고 물어올 때마다 어느 한 군데 말하기도 어렵다. 둘레길은 직선이 아니라 다양한 기하학적 도형과 곡선들로 가득한 곳이기 때문이다.

둘레길을 도형으로 말하자면 원이다. 혹은 뫼비우스의 띠. 원에는 시작도 끝도 없다. 지리산 둘레길도 끝이 없다. 내가 도착한 곳이 시작이며 내가 걸음을 멈춘 곳이 끝이다. 다시 끝에서 걸음을 시작한다.

여행에서 돌아오면 반복해서 드는 생각이 있다. 여행자의 마음으로 살자는 생각이다. 아침에 일찍 일어나 하루를 계획하고 하나라도 더 보고 느끼려 부지런히 걸으며 정신을 집중한다. 돈을 아끼려고 소박하게 먹고 여행에 부담되지 않도록 가진 것을

길을 가다 멈춰서
그림을 그리다 보면

그림 그리는 모습에 관심을 갖는
분들이 많다.

나보다 더 그림 그리는 걸
반가워 하는 사람들도 있다.

나에 대한 관심이라기 보다는
내 그림에 대한 호기심과 관심일 거다.
한마디로 내 그림에 사람들이 말을
거는 것이다.
내 그림을 통해서 대화를 하고
잠깐이나마 즐거워한다.

줄인다. 여행 중 받은 친절에 감사하고 이방인으로서 겸손하지 않으면 안 된다. 무엇보다 모든 것을 새롭게 본다.

그렇게 생각하니 나의 집도 둘레길의 한 부분이다. 둘레길은 둘레길에만 있는 것이 아니라 각자가 사는 그곳까지 이어진다. 길은 멈췄지만 일상을 사는 시간도 둘레길의 연장이다. 답답했던 일상의 짐을 덜어 내고자 집을 벗어나 둘레길을 걸었지만, 무거운 마음이 시작됐던 집이 없었다면 지리산으로 떠나지 못했을 거다. 돌아올 곳이 있어 길을 걷는 수고도 행복으로 느낄 수 있다.

둘레길에서 덜어내고 담아온 새로운 에너지를 가득 품고 여행자의 마음으로 일상의 둘레길을 걷다가 다시 따뜻한 봄이 되면 그곳으로 달려가고 싶다.

따뜻한 봄에 다시 봅시다.
그 동안 무사하시길,
지리산 둘레길님!